唐棣作。唐棣，元朝人，字子華，浙江吳興人，幼時曾承趙孟頫指授。該圖高峯聳立，積雪森寒，此為原圖之上半部。

清雍正帝繪像

清雍正帝御用玉璽「為君難」

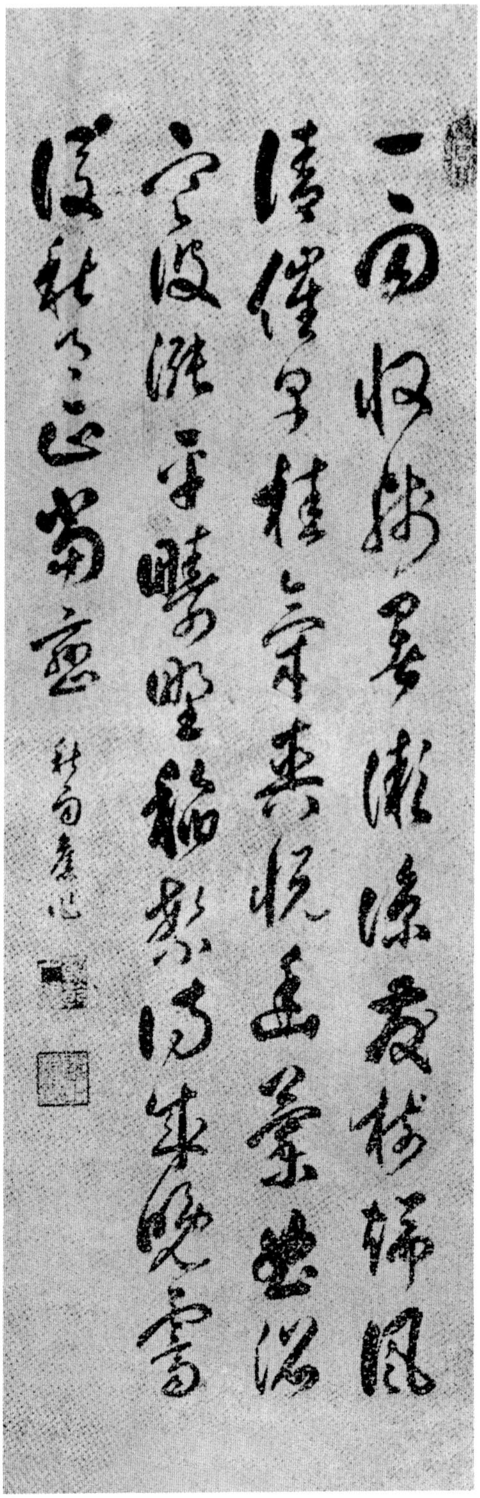

雍正的詩及字：他的詩和書法似比他兒子乾隆要高明得多。

清雍正帝（世宗）塑像：原藏北京故宮壽皇殿。

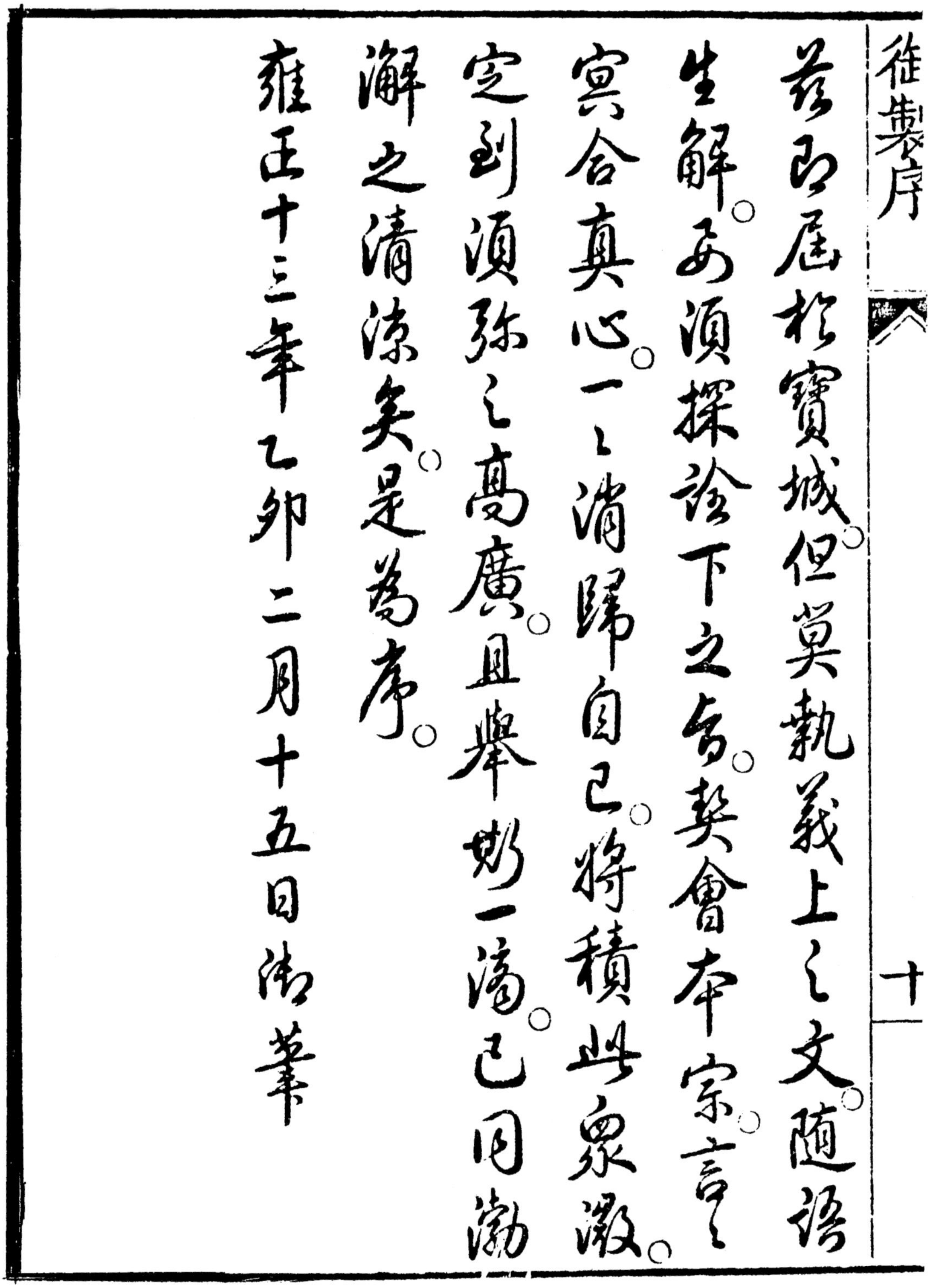

若以履於寶城。但莫執義上之文。隨語生解。要須探詮下之旨。契會本宗。言之冥合真心。一一消歸自己。將積與衆滴。定到須彌之高廣。且舉此一滴。已同渤澥之清涼矣。是為序。
雍正十三年乙卯二月十五日御筆

雍正的書法：雍正是佛教徒，對佛經頗有研究，曾從二十部主要佛經輯成一部《經海一滴》，所選顯得有相當眼光。圖為他所撰《經海一滴》序文的一頁。

FLYING FOX OF SNOW MOUNTAIN

A Novel of the Martial Arts

by Chin Yung
translated by Robin Wu

For those who are not familiar with the term "the world of the martial arts," it is a world peopled by men and women skilled in offensive and defensive combat. Different styles of fighting distinguish the different schools in the martial world. Some may specialize in sword-fighting, others may concentrate on whips or darts, or any other paraphernalia that has the potentiality of inflicting mortal death. Within each school, a fraternity of members (men and women are equals in this world) develops, bound together by loyalty. Terms such as "martial brother" or "martial uncle" do not denote family ties. Rather, they denote respect for skill.

–Robin Wu

Part I

Whisk! An arrow flies from behind a mountain in the east. The shrill sound of the arrow testifies to the strength of the shooter's wrist. The arrow pierces the neck of a swallow in flight and sends it tumbling from the sky to the snow-covered ground below.

From the west, four horsemen ride across the snow. They stop at the sound of the arrow. Marveling at such a feat, they wait to see who the shooter is; but nobody emerges from behind the mountain. One of the four horsemen, a tall, lean and elderly man, sensing the shooter has gone the opposite way, rides forward to check.

The other three follow. When they come to the other side of the mountain, they can only faintly see five horsemen a mile away. "Something is suspicious here," says the elderly man.

Another elderly man, Yin Chi, nods in agreement. He goes over to where the bird has fallen and picks it up with his whip. He examines the arrow and lets out a cry. The other three quickly join him to take a look at the arrow. "They are here." the first elderly man, Yuan Shih-chung, says, "Let's go after them!"

Yuan Shih-chung, nicknamed the "Seven-Star Hand," is a member of the North Faction of the Heaven-Dragon School. The other two, younger horsemen, also belong to this faction. One is its head protector, Tsao Yun-chi. The other, Tsao's martial-brother, is Chou Yun-yang. Yin Chi, the other elderly man, is head protector of the South Faction of the Heaven-Dragon School. He is here at the invitation of the North Faction. These two factions were originally one a long time ago. A quarrel for supreme control between two brothers in the family's later history split the Heaven-Dragon School into two.

After a distance of seven to eight miles, they once again catch sight of the five horsemen. Tsao shouts to them, "Stop!" The shout is unheeded. "If you don't stop, I'll have to make you stop," Tsao shouts again. One of the five stops this time; the other four keep on going. The loner turns around and points an arrow directly at Tsao, who doesn't take it too seriously, trusting his own skill.

"Martial Tu, I presume?" asks Tsao.

"Watch out for the arrow," comes the reply. When the bow is released, there is not one, but three, arrows coming directly at Tsao. Tsao gives his horse a stinging whip. And as the horse rears in pain, Tsao intercepts two of the arrows with his whip. The middle one barely zips through under the horse's belly. The stranger laughs, turns around, and speeds away.

Tsao is for pursuit, but Seven-Star Hand Yuan restrains him, "Be patient. He won't fly away." Yuan picks up the three arrows. They all match the one that shot down the swallow. Yin Chi murmurs, "It's really him." Tsao says spitefully, "Let's see what martial sister has to say now! Where is she? I'm going to take a look."

When Pao Shu first accepted his host's invitation, he had set his mind to active combat, thinking he'd be the only helper. But now upon learning that his host has invited so many others, all of them no strangers to the ear, he regrets his own coming. What is more insulting, neither the host nor his three martial brothers are here to welcome him.

"This Gold-Face Buddha, I know he's a close friend of your master. Obviously, he would want to invite him personally. But why did his martial brothers have to go along too?" Pao Shu asks.

"The other three did not go with master. They went to Peking to invite Martial Fan Pang-chu."

"Martial Fan is coming too? Tell me, by the way, how many helpers does Flying Fox of Snow Mountain have?"

"I heard he does not have anyone. He's coming alone."

Meanwhile, Liu the dartsman's mind is occupied elsewhere. He is the only one in the room who knows that Martial Fan has been at odds with the Imperial Court lately. Last month the emperor personally signed the order for his arrest. Eighteen of the court's finest martialmen were assigned the task, and by the latest account, he is in jail. The whole affair was carried out with the utmost secrecy. Only a handful know about it. Liu knows because he was one of the eighteen assigned the task. He wonders why the host's martial brothers did not go to Shansi Province where Fan usually lives and instead went to Peking where he is now. Is it because they know he's in jail there? And if it is, why have they gone there to invite him?

Catching Liu's changing expression at the mention of Martial Fan, Pao Shu asks him, "Does Martial Liu know Martial Fan?"

"Oh no," Liu hurriedly corrects his expression. "Junior here only knows that Martial Fan is one of the best martialmen around and that at one time he slew a tiger barehanded."

Pao Shu turns to Yu, the house guard. "What kind of person is this Flying Fox of Snow Mountain? And what kind of vendetta does your master have against him?"

"Master never mentioned the matter. Humble servant dares not inquire."

Presently dinner and wine are served. Even in this remote hideaway, a sumptuous feast can be commanded. Whatever hidden or open hostility there was quickly melts amidst the steaming dishes and refreshing wines. The Rev. Pao Shu, in particular, seems to enjoy the spirits.

In the midst of this epicurean enjoyment, a fiery explosion shatters the tranquility. A rocket explodes and as the smoke disperses, the image of a flying fox emerges.

"Flying Fox of Snow Mountain has arrived!" cries Pao Shu.

"Master has not yet returned," Yu beseeches him. "Since the other side has arrived, I pray that Rev. Pao Shu will assume everything under his control."

"There's no need to fear as long as I am here. You may invite him up."

"There's something humble servant dares not say."

"You have my permission."

"Flying Fox, despite his skill, cannot possibly come up this steep hill by himself. Humble servant's wish is to have Rev. Pao Shu go down and inform him that master is not at home."

"You bring him up. I can handle him."

"That's not what humble servant fears. What he fears is that Flying Fox's presence will disturb the peace of master's mother. Humble servant will not know how to face master when he comes back."

"Are you trying to imply that I cannot handle him?"

"Oh no! Humble servant dares not."

"Well, then, bring him up!"

The guard has no other recourse than to give instructions to bring Flying Fox up and to take precautionary measures to insure the continuing peace of the domain of his master's mother.

錄自《Bridge》雙月刊，該刊在紐約出版，自第一卷第四期起連載《雪山飛狐》英文譯文。其插畫為西洋風格，另有意趣。

"Guest is here!" informs the guard.

All eyes are riveted to the door. As it swings open, there come into view two young boys. They are of the same height, age about twelve or thirteen, wearing white mink jackets, and each sporting a small pigtail on top of his head. Each carries a long sword strapped behind his back. They are extremely handsome and it is hard to tell one from the other except that the one on the right carries his sword behind his right shoulder and the one on the left carries it behind his left shoulder and holds a ceremonial box.

"Yes," they answer, as they bow, again and begin to take leave. "Won't you stay to have something to eat?" offers Yu.

"No, thank you. Without our master's permission, we dare not stay."

Jade-Face Tien takes some fruits from the fruit basket and offers them to the boys.

"Here. Take some of these then."

"Thank you," they smile.

"What are you two unbearded boys carrying the long swords for? Don't tell me you know swordsmanship too?" Tsao snickers, angered by Tien's kindness towards them.

As the two boys advance into the room, two pearls, each the size of a thumb, can be seen on each side of their heads.

Observing that Pao Shu has the central position in the group, the two boys give him a respectful bow, one holding high the ceremonial box as he bows. Yu, the house guard, takes the box, opens it, and hands it to Pao Shu. In it contains a red slip of paper, on which is written the following words in thick black ink: "Junior Flying Fox pays his respects. He will be at the meeting on Snow Mountain today at noon."

"Has your master arrived?" asks Pao Shu.

"Master says he will be here exactly at noon," replies one boy. "He's afraid the host here is waiting impatiently, so he has sent this message along first."

Pao Shu, like everyone else, is taken by the innocent good looks of these two boys. He asks, "Are you two twins?"

"We do not know," the two boys reply in unison, somewhat taken aback by this sudden intrusion of rudeness.

"Why put on an act then?" continues Tsao. "Leave the swords to me." So saying, he reaches out for their two swords. Surprised, the twins find their sheaths empty before they can do anything about it.

Waving the two swords in triumph, Tsao laughs, "You two..." Before he can finish what he is saying, the twins grapple his neck, one on the right side, the other on the left, and with a coordinating kick on Tsao's legs, send him somersaulting. Tsao falls squarely on his behind. As he springs up and tries to frighten the twins with the swords, somehow, with a speed quicker than the eye, the twins repeat the same trick on him and Tsao suffers another backside defeat.

Infuriated and embarrassed, Tsao is ready to turn what began as play into a deadly game. But as he drives forward with a frontal attack, the twins somehow are once again at his back. Attempting to avoid another fiasco, Tsao throws his weight back, hoping to jerk off the twins and knifing them at the same time with a backward swordplay.

However, as he leans back, the twins release their grip on his neck. And with Tsao tumbling backward uncontrollably, the twins give him a little help by kicking his heels into the air. This time Tsao lands flat on his back, hurt more than ever, and loses the hold of the swords in the process, which are quickly retrieved by the twins.

The fighting would have ended then and there if it were not for Chou's insistence on challenging the twins to regain some of the lost pride suffered by the North Faction of the Heaven-Dragon School. After all, how will it sound if word gets out to the martial world that the head protector of the North Faction was upstaged by two thirteen-year-olds? The twins have no other recourse but to defend. But it soon becomes clear that Chou, even together with Tsao, cannot effect an advantageous position over the twins. Other members of the North Faction, disregarding propriety, begin to enter the lopsided contest so as to finish it off as quickly as possible. But there's something inexplicable about the twins. Their skills seem to improve markedly as the number of their opponents increases.

Martial Yuan, realizing how absurd the situation must seem to bystanders, decides to employ those treacherous techniques used only under the most perilous circumstances and thereby save whatever face is now left of the Heaven-Dragon School. He misses one of the boys literally, by a hair's breadth. Although the boy is not hurt physically, the pearl on the right side of his head is cut in two. At the sight of the broken pearl, the boy is almost moved to tears. He looks helplessly at his brother.

"Go after him!" cries his brother.

The twins, so far using only defensive combat, change their tactic and begin to wage an offensive attack. It is now an entirely new game. The boy with the lost pearl charges relentlessly at Yuan, screaming all the while, "Give me back my pearl!" More than anything, Yuan now wishes he has the pearl. Several times he wants to beg for a halt to the fighting, but pride stops him.

Seeing the situation going from bad to worse, Yu the house guard whispers to Pao Shu, "Rev. Pao Shu, please get the whole thing over with."

"Yeah," says Pao Shu half-heartedly. While he is deliberating his next step, a blue smoke signal arises from below the mountain. The guard knows that his master's helpers are here. He hurries to order the basket lowered to take them up, muttering to himself, "This Pao Shu is just full of words. When the time comes, all he can do is say 'Yeah.' It's a good thing master's other friends are here."

Yu is impatient to see what famous personage is coming up in the basket. He peers down as the basket is coming up. At first, all he can see is just an indistinguishable glob. When the basket nears the top, the glob turns out to be basketfuls of food and toys.

"Maybe they are gifts for the master," he mutters puzzled.

After emptying the basket, he lowers it again. This time three women come up on it, two of them fortyish looking, the other not more than sixteen years old. The young girl is first to speak.

"You must be Yu the house guard. I've heard people talk about your long neck. That's how I recognize you."

Ordinarily Yu dislikes comments about his neck, but the girl says it in such a winning way that he does not feel insulted.

"My name is Chin Erh," the young girl introduces herself. "This is Madame Chou; she's milady's nurse. And this is Madame Han, milady's cook. Would you please lower the basket down again to fetch milady?"

Chin Erh the maid is rather talkative and inquisitive.

"This hill is so high. There are no flowers here. Milady probably will not like it here. Don't you get lonely up here?"

"Oh, oh. What have we got here?" Yu worries.

"Can you tell me who your lady is?"

"Guess. I guessed you right away."

Before he knows what to answer, Chin Erh has already turned her attention to a kitten which has just gotten out of the basket and is running around.

Yu, worrying about the situation inside the house, leaves word with the other servants to take care of the ladies. Inside the house, he finds the situation not much changed. Yuan is still being cornered by the bereaved boy.

"I'd better do something about this," Yu is thinking. "Otherwise master will surely scold me for putting the guests in such dire straits." He thereupon goes into another room to fetch a sword.

"If little brother will not stop," he warns, "this house will be most unceremonious."

"My master only ordered me to deliver a note," the boy replies. "He did not order me to fight. If I am given back my pearl, then I'll let him go."

Yu is about to say something, but another person is already speaking.

"Oh! Please don't fight. Please! I just don't like people fighting all the time." The voice is clear and velvety, softening the hearts of the listeners. In the doorway, stands a young girl, her skin whiter than snow and her eyes crystal like mercury. Although her face does not have exceptional beauty, her graceful bearing makes up for what nature has failed to endow.

"What is the problem here?" she asks gently.

"He won't give me back my pearl," the young boy explains, pointing at Yuan.

"What pearl?"

"This one," he replies, as he picks up half of the pearl. "See, he broke it in half. I want him to give me back a whole one."

"Oh! This is such a lovely pearl! I wish I have another one like it to give to you. I have an idea!" Turning to her maid she says, "Bring me my pair

廣東石灣舊陶像：多年前，作者在古董店中購得這個陶像，由此而構思了《雪山飛狐》中李自成軍刀的故事。

大字版
雪山飛狐
①雪峯聚會
金庸

雪山飛狐. 1,雪峯聚會 / 金庸作. -- 二版. -- 臺北市：
遠流, 2019.04
面； 公分. --(大字版金庸作品集；25)
大字版
ISBN 978-957-32-8509-0 (平裝)

857.9　　108003454

大字版金庸作品集㉕

雪山飛狐 (1)雪峯聚會 「公元2004年金庸新修版」

Flying Fox of the Snowy Mountain, Vol. 1

作　　者／金　庸

封面設計／唐壽南　內頁插畫／王司馬

發 行 人／王 榮 文
出版・發行／遠流出版事業股份有限公司
臺北市中山北路一段11號13樓
電話／2571-0297　**傳真**／2571-0197　**郵撥**／0189456-1

□2004年9月16日　初版一刷
□2022年3月16日　二版三刷

大字版 每冊 *380* 元（本作品全二冊，共760元）
〔另有典藏版共36冊（不分售），平裝版共36冊，新修版共36冊，新修文庫版共72冊〕

ISBN　978-957-32-8511-3（**套：大字版**）
ISBN　978-957-32-8509-0（**第一冊：大字版**）
Printed in Taiwan

YLib 遠流博識網
http://www.ylib.com　E-mail:ylib@ylib.com

「金庸作品集」新序

金庸

小說是寫給人看的。小說的內容是人。

小說寫一個人、幾個人、一羣人、或成千成萬人的性格和感情。他們的性格和感情從橫面的環境中反映出來，從縱面的遭遇中反映出來，從人與人之間的交往與關係中反映出來。長篇小說中似乎只有《魯濱遜飄流記》，才只寫一個人，寫他與自然之間的關係，但寫到後來，終於也出現了一個僕人「星期五」。只寫一個人的短篇小說多些，尤其是近代與現代的新小說，寫一個人在與環境的接觸中表現他外在的世界、內心的世界，尤其是內心世界。有些小說寫動物、神仙、鬼怪、妖魔，但也把他們當作人來寫。

西洋傳統的小說理論分別從環境、人物、情節三個方面去分析一篇作品。由於小說作者不同的個性與才能，往往有不同的偏重。

基本上，武俠小說與別的小說一樣，也是寫人，只不過環境是古代的，主要人物是有武功的，情節偏重於激烈的鬪爭。任何小說都有它所特別側重的一面。愛情小說寫男女之間與性有關的感情，寫實小說描繪一個特定時代的環境與人物，《三國演義》與《水滸》一類小說敘述大羣人物的鬪爭經歷，現代小說的重點往往放在人物的心理過程上。

小說是藝術的一種，藝術的基本內容是人的感情和生命，主要形式是美，廣義的、美學上的美。在小說，那是語言文筆之美、安排結構之美，關鍵在於怎樣將人物的內心世界通過某種形式而表現出來。甚麼形式都可以，或者是作者主觀的剖析，或者是客觀的敘述故事，從人物的行動和言語中客觀的表達。

讀者閱讀一部小說，是將小說的內容與自己的心理狀態結合起來。同樣一部小說，有的人感到強烈的震動，有的人卻覺得無聊厭倦。讀者的個性與感情，與小說中所表現的個性與感情相接觸，產生了「化學反應」。

武俠小說只是表現人情的一種特定形式。作曲家或演奏家要表現一種情緒，用鋼琴、小提琴、交響樂、或歌唱的形式都可以，畫家可以選擇油畫、水彩、水墨、或版畫的形式。問題不在採取甚麼形式，而是表現的手法好不好，能不能和讀者、聽者、觀賞者的心靈相溝通，能不能使他的心產生共鳴。小說是藝術形式之一，有好的藝術，也有不好的藝術。

好或者不好，在藝術上是屬於美的範疇，不屬於眞或善的範疇。判斷美的標準是美，是感情，不是科學上的眞或不眞（武功在生理上或科學上是否可能），道德上的善或不善，也不是經濟上的值錢不值錢，政治上對統治者的有利或有害。當然，任何藝術作品都會發生社會影響，自也可以用社會影響的價值去估量，不過那是另一種評價。

在中世紀的歐洲，基督教的勢力及於一切，所以我們到歐美的博物院去參觀，見到所有中世紀的繪畫都以聖經故事爲題材，表現女性的人體之美，也必須通過聖母的形象。直到文藝復興之後，凡人的形象才在繪畫和文學中表現出來，所謂文藝復興，是在文藝上復興希臘、羅馬時代對「人」的描寫，而不再集中於描寫神與聖人。

中國人的文藝觀，長期以來是「文以載道」，那和中世紀歐洲黑暗時代的文藝思想是一致的，用「善或不善」的標準來衡量文藝。《詩經》中的情歌，要牽強附會地解釋爲諷刺君主或歌頌后妃。陶淵明的〈閒情賦〉，司馬光、歐陽修、晏殊的相思愛戀之詞，或者惋惜地評之爲白璧之玷，或者好意地解釋爲另有所指。他們不相信文藝所表現的是感情，認爲文字的唯一功能只是爲政治或社會價值服務。

我寫武俠小說，只是塑造一些人物，描寫他們在特定的武俠環境（中國古代的、沒有法治的、以武力來解決爭端的不合理社會）中的遭遇。當時的社會和現代社會已大不相同，人的性格和感情卻沒有多大變化。古代人的悲歡離合、喜怒哀樂，仍能在現代讀者的心靈中引起相應的情緒。讀者們當然可以覺得表現的手法拙劣，技巧不夠成熟，描寫殊不深刻，以美學觀點來看是低級的藝術作品。無論如何，我不想載甚麼道。我在寫武俠小說的同時，也寫政治評論，也寫與歷史、哲學、宗教有關的文字，那與武俠小說完全不同。涉及思想的文字，是訴諸讀者理智的，對這些文字，才有是非、眞假的判斷，讀者或許同意，或許只部份同意，或許完全反對。

對於小說，我希望讀者們只說喜歡或不喜歡，只說受到感動或覺得厭煩。我最高興的是讀者喜愛或憎恨我小說中的某些人物，如果有了那種感情，表示我小說中的人物已和讀者的心靈發生聯繫了。小說作者最大的企求，莫過於創造一些人物，使得他們在讀者心中變成活生生的、有血有肉的人。藝術是創造，音樂創造美的聲音，繪畫創造美的視覺形象，小說是想創造人物、創造故事，以及人的內心世界。假使只求如實反映外在世界，那麼有了錄音機、照相機，何必再要音樂、繪畫？有了報紙、歷史書、記錄電視片、社會調查統計、醫生的病歷紀錄、黨部與警察局的人事檔案，何必再要小說？

武俠小說雖說是通俗作品，以大衆化、娛樂性強爲重點，但對廣大讀者終究是會發生影響的。我希望傳達的主旨，是：愛護尊重自己的國家民族，也尊重別人的國家民族；和平友好，互相幫助；重視正義和是非，反對損人利己；注重信義，歌頌純眞的愛情和友誼；歌頌奮不顧身的爲了正義而奮鬥；輕視爭權奪利、自私可鄙的思想和行爲。武俠小說並不單是讓讀者在閱讀時做「白日夢」而沉緬在偉大成功的幻想之中，而希望讀者們在幻想之時，想像自己是個好人，要努力做各種各樣的好事，想像自己要愛國家、愛社會、幫助別人得到幸福，由於做了好事、作出積極貢獻，得到所愛之人的欣賞和傾心。

武俠小說並不是現實主義的作品。有不少批評家認定，文學上只可肯定現實主義一個流派，除此之外，全應否定。這等於是說：少林派武功好得很，除此之外，甚麼武當派、崆峒派、太極拳、八卦掌、彈腿、白鶴派、空手道、跆拳道、柔道、西洋拳、泰拳等等全部應當廢除取消。我們主張多元主義，既尊重少林武功是武學中的泰山北斗，而覺得別的小門派也不妨並存，它們或許並不比少林派更好，但各有各的想法和創造。愛好廣東菜的人，不必主張禁止京菜、川菜、魯菜、徽菜、湘菜、維揚菜、杭州菜、法國菜、意大利菜等等派別，所謂「蘿蔔青菜，各有所愛」是也。不必把武俠小說提得高過其應有之份，也不必一筆抹殺。甚麼東西都恰如其份，也就是了。

我寫這套總數三十六冊的《作品集》，是從一九五五年到七二年，前後約十五、六年，包括十二部長篇小說，兩篇中篇小說，一篇短篇小說，一篇歷史人物評傳，以及若干篇歷史考據文字。出版的過程很奇怪，不論在香港、臺灣、海外地區，還是中國大陸，都是先出各種各樣翻版盜印本，然後再出版經我校訂、授權的正版本。在中國大陸，在「三聯版」出版之前，只有天津百花文藝出版社一家，是經我授權而出版了《書劍恩仇錄》。他們校印認眞，依足合同支付版稅。我依足法例繳付所得稅，餘數捐給了幾家文化機構及支助圍棋活動。這是一個愉快的經驗。除此之外，完全是未經授權的，直到正式授權給北京三聯書店出版。「三聯版」的版權合同到二○○一年年底期滿，以後中國內地的版本由廣州出版社出版，主因是廣州、香港鄰近，業務上便於溝通合作。

翻版本不付版稅，還在其次。許多版本粗製濫造，錯訛百出。還有人借用「金庸」之名，撰寫及出版武俠小說。寫得好的，我不敢掠美；至於充滿無聊打鬥、色情描寫之作，可不免令人不快了。也有些出版社翻印香港、臺灣其他作家的作品而用我筆名出版發行。我收到過無數讀者的來信揭露，大表憤慨。也有人未經我授權而自行點評，除馮其庸、嚴家炎、陳墨三位先生功力深厚、兼又認眞其事，我深爲拜嘉之外，其餘的點評大都與作者原意相去甚遠。好在現已停止出版，出版者正式道歉，糾紛已告結束。

有些翻版本中，還說我和古龍、倪匡合出了一個上聯「冰比冰水冰」徵對，眞正是大開玩笑了。漢語的對聯有一定規律，上聯的末一字通常是仄聲，以便下聯以平聲結尾，但「冰」字屬蒸韻，是平聲。我們不會出這樣的上聯徵對。大陸地區有許許多多讀者寄了下聯給我，大家浪費時間心力。

爲了使得讀者易於分辨，我把我十四部長、中篇小說書名的第一個字湊成一副對聯：「飛雪連天射白鹿，笑書神俠倚碧鴛」。（短篇《越女劍》不包括在內，偏偏我的圍棋老師陳祖德先生說他最喜愛這篇《越女劍》。）我寫第一部小說時，根本不知道會不會再寫第二部；寫第二部時，也完全沒有想到第三部小說會用甚麼題材，更加不知道會用甚麼書名。所以這副對聯當然說不上工整，「飛雪」不能對「笑書」，「連天」不能對「神俠」，「白」與「碧」都是仄聲。但如出一個上聯徵對，用字完全自由，總會選幾個比較有意思而合規律的字。

有不少讀者來信提出一個同樣的問題：「你所寫的小說之中，你認爲哪一部最好？最喜歡哪一部？」這個問題答不了。我在創作這些小說時有一個願望：「不要重複已經寫過的人物、情節、感情，甚至是細節。」限於才能，這願望不見得能達到，然而總是朝著這方向努力，大致來說，這十五部小說是各不相同的，分別注入了我當時的感情和思想，主要是感情。我喜愛每部小說中的正面人物，爲了他們的遭遇而快樂或惆悵、悲傷，有時會非常悲傷。至於寫作技巧，後期比較有些進步。但技巧並非最重要，所重視的是個性和感情。

這些小說在香港、臺灣、中國內地、新加坡曾拍攝爲電影和電視連續集，有的還拍了三、四個不同版本，此外有話劇、京劇、粵劇、音樂劇等。跟著來的是第二個問題：「你認爲哪一部電影或電視劇改編演出得最成功？劇中的男女主角哪一個最符合原著中的人物？」電影和電視的表現形式和小說根本不同，很難拿來比較。電視的篇幅長，較易發揮；電影則受到更大限制。再者，閱讀小說有一個作者和讀者共同使人物形象化的過程，許多人讀同一部小說，腦中所出現的男女主角卻未必相同，因爲在書中的文字之外，又加入了讀者自己的經歷、個性、情感和喜憎。你會在心中把書中的男女主角和自己或自己的情人融而爲一，而每個讀者性格不同，他的情人肯定和你的不同。電影和電視卻把人物的形象固定了，觀衆沒有自由想像的餘地。我不能說那一部最好，但可以說：把原作改得面目全非的最壞，最自以爲是，最瞧不起原作者和廣大讀者。

武俠小說繼承中國古典小說的長期傳統。中國最早的武俠小說，應該是唐人傳奇的《虬髯客傳》、《紅線》、《聶隱娘》、《崑崙奴》等精彩的文學作品。其後是《水滸傳》、《三俠五義》、《兒女英雄傳》等等。現代比較認眞的武俠小說，更加重視正義、氣節、捨己爲人、鋤強扶弱、民族精神、中國傳統的倫理觀念。讀者不必過份推究其中某些誇張的武功描寫，有些事實上是不可能的，只不過是中國武俠小說的傳統。聶隱娘縮小身體潛入別人的肚腸，然後從他口中躍出，誰也不會相信是眞事，然而聶隱娘的故事，千餘年來一直爲人所喜愛。

我初期所寫的小說，漢人皇朝的正統觀念很強。到了後期，中華民族各族一視同仁的觀念成爲基調，那是我的歷史觀比較有了些進步之故。這在《天龍八部》、《白馬嘯西風》、《鹿鼎記》中特別明顯。韋小寶的父親可能是漢、滿、蒙、回、藏任何一族之人。即使在第一部小說《書劍恩仇錄》中，主角陳家洛後來也對回教增加了認識和好感。每一個種族、每一門宗教、某一項職業中都有好人壞人。有壞的皇帝，也有好皇帝；有很壞的大官，也有眞正愛護百姓的好官。書中漢人、滿人、契丹人、蒙古人、西藏人……都有好人壞人。和尚、道士、喇嘛、書生、武士之中，也有各種各樣的個性和品格。有些讀者喜歡把人一分爲二，好壞分明，同時由個體推論到整個羣體，那決不是作者的本意。

歷史上的事件和人物，要放在當時的歷史環境中去看。宋遼之際、元明之際、明清之際，漢族和契丹、蒙古、滿族等民族有激烈鬭爭；蒙古、滿人利用宗教作爲政治工具。小說所想描述的，是當時人的觀念和心態，不能用後世或現代人的觀念去衡量。我寫小說，旨在刻畫個性，抒寫人性中的喜愁悲歡。小說並不影射甚麼，如果有所斥責，那是人性中卑污陰暗的品質。政治觀點、社會上的流行理念時時變遷，不必在小說中對暫時性的觀念作價值判斷。人性卻變動極少。

在劉再復先生與他千金劉劍梅合寫的《父女兩地書》（共悟人間）中，劍梅小姐提到她曾和李陀先生的一次談話，李先生說，寫小說也跟彈鋼琴一樣，沒有任何捷徑可言，是一級一級往上提高的，要經過每日的苦練和積累，讀書不夠多就不行。我很同意這個觀點。我每日讀書至少四五小時，從不間斷，在報社退休後連續在中外大學中努力進修。這些年來，學問、知識、見解雖有長進，才氣卻長不了，因此，這些小說雖然改了三次，相信很多人看了還是要嘆氣。正如一個鋼琴家每天練琴二十小時，如果天份不夠，永遠做不了蕭邦、李斯特、拉赫曼尼諾夫、巴德魯斯基，連魯賓斯坦、霍洛維茲、阿胥肯那吉、劉詩昆、傅聰也做不成。

這次第三次修改，改正了許多錯字訛字、以及漏失之處，多數由於得到了讀者們的指正。有幾段較長的補正改寫，是吸收了評論者與研討會中討論的結果。仍有許多明顯的缺點無法補救，限於作者的才力，那是無可如何的了。讀者們對書中仍然存在的失誤和不足之處，希望寫信告訴我。我把每一位讀者都當成是朋友，朋友們的指教和關懷，自然永遠是歡迎的。

二〇〇二年四月　於香港

四人所乘都是關外良馬，腳程甚快，一口氣奔出七八里後，前面五乘已相距不遠。曹雲奇高聲叫道：「喂，相好的，停步！」

一

颼的一聲，一枝羽箭從東邊山坳後射了出來，嗚嗚聲響，劃過長空，穿入一頭飛雁頸中。大雁帶著羽箭在空中打了幾個觔斗，落在雪地。

西首數十丈外，四騎馬踏著皚皚白雪，奔馳甚急。馬上乘客聽得箭聲，不約而同的一齊勒馬。四匹馬都是身高肥膘的良駒，一受羈勒，立時止步。乘者騎術既精，牲口也久經馴馭，這一勒馬，顯得鞍上胯下，兩皆英健。四人見大雁中箭跌下，心中都喝一聲采，要瞧發箭的是何等人物。

等了半晌，山坳中始終沒人出來，卻聽得一陣馬蹄聲響，射箭之人竟自走了。四個乘客中一個身材瘦長、神色剽悍的老者微微皺眉，縱馬奔向山坳，其餘三人跟著過去。轉過山邊，見前面里許外五騎馬發力奔馳，鐵蹄濺雪，銀鬣乘風，眼見追趕不上。那老者一擺手，說道：「殷師兄，這可有點兒邪門。」

那「殷師兄」也是個老者，身形微胖，留著兩撇髭鬚，身披貂皮外套，一副富商氣派，聽了那瘦長老者的說話，點了點頭，勒馬回向大雁，馬鞭揮出，啪的一聲，抽向雪地，鞭梢將大雁捲上。他左手拿著箭桿一看，叫了聲：「啊！」

三人聽得叫聲，縱馬馳近。那「殷師兄」連雁帶箭向那老者擲去，叫道：「阮師兄，請看！」瘦長老者伸左手抄出接過，一看羽箭，大叫：「在這裏了，快追！」勒轉馬頭，當先追去。

其餘二人都是壯年，一個身高膀闊，騎在一匹高頭大馬上，更顯威武；另一個中等身材，臉色青白，鼻子卻凍得通紅。四人齊聲唿哨，四匹馬噴氣成霧，忽喇喇放蹄趕去。這白茫茫山坡上望眼皆雪，四下更無行人，追蹤容易不過。

這是清朝乾隆四十五年三月十五。這日子在江南早已繁花如錦，在這關外長白山下苦寒之地，卻積雪初融，渾沒點春日氣象。東方紅日甫從山後升起，淡黃的陽光照在身上，殊無暖意。

山中雖冷，四名乘者縱馬急馳之下，不久人人頭上冒汗。

那高身材的男子脫下外氅，放在鞍頭。他身穿青綢面皮袍，腰懸長劍，眉頭深鎖，滿臉怒容，眼中竟似要噴出火來，不住價的催馬狂奔。

這人是遼東天龍門北宗新任掌門人「騰龍劍」曹雲奇。天龍門掌劍雙絕，他所學都已頗有所成。白臉漢子是他師弟「迴龍劍」周雲陽。高瘦老者是他們師叔「七星手」阮士中，在天龍北宗算得是第一高手。那富商模樣的老者則是天龍門南宗掌門人「威震天南」殷吉，這次事情與天龍門南北兩宗俱有重大干係，是以他千里迢迢，遠來關外。

四人胯下所乘都是關外良馬，腳程甚快，一口氣奔出七八里後，前面五乘已相距不遠。曹雲奇高聲叫道：「喂，相好的，停步！」前面五人全不理會，反縱馬奔得更快了。曹雲奇厲聲喝道：「再不停步，莫怪我們無禮了！」

只聽得前面一人舌頭打滾，都的一聲，勒馬轉身，其餘四人卻仍繼續奔馳。曹雲奇一馬當先，但見那人彎弓搭箭，箭尖指向他胸口。曹雲奇藝高人膽大，竟不將他硬弓利箭放在心上，揚鞭大呼：「喂，是陶世兄麼？」

那人面目英俊，雙眉斜飛，二十三四歲年紀，一身勁裝結束，聽得曹雲奇叫聲，縱聲大笑，叫道：「看箭！」颼颼颼連響，三枝羽箭分上中下三路連珠射到。

曹雲奇沒料到他三箭來得如此迅捷，微微一驚，馬鞭疾甩出去，打掉了上路與中路射來的兩箭，接著一提馬韁，那馬向上躍起，第三枝箭貼著馬肚子從四腿間穿了過去，相差不過數寸。那青年哈哈一笑，撥轉馬頭，提韁便跑。

曹雲奇鐵青著臉，縱馬欲趕。阮士中叫道：「雲奇，沉住了氣，不怕他飛上天去。」

縱身下馬，拾起雪地裏的三枝羽箭，果然與適才射雁的一般無異。殷吉沉著臉哼了一聲，說道：「果真是這小子！」曹雲奇道：「等一下師妹，瞧她更有甚麼話說？」

四人候了一頓飯功夫，不聽得來路上有馬蹄聲響。曹雲奇焦躁起來，道：「我瞧瞧去！」拍馬趕回。阮士中望著他背影，嘆了一口氣，說道：「也真難怪得他。」殷吉道：「阮師兄，你說甚麼？」阮士中搖搖頭，卻不答話。

曹雲奇奔出數里，只見一匹灰馬空身站在雪地裏，一個白衣女郎一足跪地，俯身似在雪中尋找甚麼。曹雲奇叫道：「師妹，甚麼事？」

那女郎不答，隨即站直，手中拿著一根黃澄澄之物，在日光下閃閃發光。曹雲奇走近接過，見是一枝黃金鑄成的小筆，長約三寸，筆尖鋒利，打造得甚是精致，筆桿上刻著一個小小的「安」字。這金筆看來既是玩物，卻也可作暗器之用，不禁微微皺眉，說道：「那裏來的？」那女郎道：「你們走後，我隨後跟來，奔到這裏，忽然有乘馬從後追來，那馬好快，只一會兒就從我身旁掠過。馬上乘客揚手向我拋來這枝小筆，將我……將我……」說到這裏，忽然臉上暈紅，囁嚅著不說下去了。

曹雲奇凝望著她，只見她凝脂般的雪膚之下，隱隱透出一層胭脂之色，雙睫微垂，一股女兒羞態，嬌艷無倫，不由得胸中一蕩，隨即疑雲大起，問道：「你可知咱們追的是誰？」那女郎道：「誰啊？」曹雲奇冷冷的道：「哼，你當眞不知？」那女郎抬起頭來，道：「我怎知道？」曹雲奇道：「是你心上人。」那女郎衝口而道：「陶子安？」這話一出口，登時滿臉紅暈。曹雲奇眉間有如罩上了一層黑雲，叫道：「我一說是你心上人，你就接口說陶子安！」

那女郎聽他這麼說，臉上更加紅了，淚水在一雙明澄清澈的眼中滾來滾去，頓足叫道：「他……他……」曹雲奇道：「他……他怎麼？」那女郎道：「他是我沒過門的丈夫，自然是我心上人。」曹雲奇大怒，唰的一聲，拔出長劍。那女郎反而走上一步，叫道：「你有種就殺了我。」曹雲奇咬著牙齒，望著她微微抬起的臉，心中柔情頓起，叫道：「罷啦，罷啦！」回手一劍，猛往自己心口扎去。

那女郎反手拔劍，迴臂疾格，出手好快，噹的一聲，雙劍相交，迸出數星火花。曹雲奇恨恨的道：「你既不將我放在心上，何必又讓我在這世上多受苦惱？」那女郎緩緩還劍入鞘，低聲道：「你早知道，是爹爹將我許配給他，難道是我自己作的主麼？」曹雲奇雙眉一揚，說道：「我願跟你浪跡天涯，在荒島深山之中隱居廝守，你怎又不肯？」那女郎嘆了一口氣道：「師哥，我知你對我一片癡心，我又不是傻子，怎能不念著你的心意。可是你執掌我天龍北宗門戶，如做出這等事來，天龍門聲名掃地，在江湖上顏面何存？」

曹雲奇大聲道：「我就爲你粉身碎骨，也所甘願。天塌下來我也不理，管他甚麼掌門不掌門。」那女郎微微一笑，輕輕握住他手，說道：「師哥，我就是不愛你這霹靂火爆、不顧一切的脾氣呢。」

曹雲奇給她這麼一說，再也發作不得，嘆了口氣，說道：「你怎麼又把他給的玩意兒當作寶貝似的？」那女郎道：「誰說是他給的？我幾時見過他來？」

曹雲奇道：「哼，這樣値錢的玩意兒，還有人眞的當暗器打麼？這筆上不明明刻著他的名字？若不是他，又是誰給你的？」那女郎嗔道：「你既愛這麼瞎疑心，乘早別跟我說話。」縱到灰馬身旁，躍上馬背，韁繩一提，那馬放蹄便奔。

曹雲奇忙上馬追去，伸皮靴猛踢坐騎肚腹，片刻間便追上了，身子一探，右手拉住灰馬轡頭，叫道：「師妹，你聽我說。」那女郎舉起馬鞭，往他手上抽去，喝道：「放開！給人家瞧見了成甚麼樣子？」曹雲奇卻不放手，啪的一聲，手背上登時起了一條血痕。那女郎心有不忍，道：「你何苦又來惹我？」曹雲奇道：「是我不好，你再打吧！」那女郎嫣然一笑，道：「我手酸，打不動啦。」曹雲奇笑道：「我跟你搥搥。」伸手去拉她手臂。那女郎迎頭一鞭，曹雲奇頭一偏，這一次躲開了鞭子，笑道：「你手怎麼又不酸啦？」那女郎板起了臉，說道：「我叫你別碰我。」

曹雲奇陪笑道：「好，那麼你說這金筆是那裏來的。」那女郎笑道：「是我心上人給的。不是他給，還有誰給？難道是你給我的？」曹雲奇心頭一酸，熱血上湧，又要發作，但見她笑靨如花，紅唇微微顫動，露出一口玉石般的牙齒，怒氣登時沉了下去。

那女郎瞪了他一眼，輕輕嘆了口氣，柔聲道：「師哥，我從小得你盡心照顧。你待我真比親生哥哥還好。我又不是全無心肝之人，怎不想報答？何況我們……只是，我實在好生爲難。你一向憐惜我、愛護我，現下爹爹不幸慘死，我天龍門面臨成敗興亡的重大關頭，你怎麼反不體諒我了？」曹雲奇呆了半晌，再無話說，左手一揮，說道：「你總是對的，我總是錯的，走吧！」

那女郎嫣然一笑，道：「且慢！」摸出一塊手帕，給他抹去滿額汗水，道：「大雪地裏，出了汗不抹去，莫著了涼。」曹雲奇心中甜甜的說不出的受用，滿腔怒氣登時化爲烏有，揮鞭在那女郎的灰馬臀上輕輕一鞭。二人雙騎，並肩馳去。

那女郎名叫田青文，年紀雖輕，在關外武林中卻已頗有名聲。因她容貌美麗，性又機伶，遼東武林中公送她一個外號，叫作「錦毛貂」。那貂鼠在雪地中行走如飛，聰明伶俐，「錦毛」二字，自是形容她的美貌了。她是她父親田歸農前妻生的，田歸農逝世不久，是以她一身縞素，戴著重孝。

兩人急奔一陣，追上了殷吉、阮士中、周雲陽三人。阮士中向曹雲奇橫了一眼，說道：「去了這麼久，見到甚麼了？」曹雲奇臉一紅，道：「沒見甚麼。」雙腿一夾，縱馬快跑。

又奔出數里，山勢漸陡，積雪甚厚，馬蹄一溜一滑，五人不敢催馬，鬆韁緩行。轉過兩個山坳，山道更加險峻。忽聽左首一聲馬嘶，曹雲奇右足在馬鐙上一點，斜身飛出，落在一株大松樹之後，先藏身形，再縱目前望。見山坡邊幾株樹上繫著五匹馬，雪地裏一行足印筆直上山。曹雲奇叫道：「兩位師叔，小賊逃上山啦，咱們快追。」

殷吉向來謹愼，說道：「對方若故意引誘咱們來此，只怕山中設了埋伏。」曹雲奇道：「就是龍潭虎穴，今日也要闖他一闖！」殷吉聽他說得魯莽，頗爲不快，向阮士中道：「阮師兄，你說怎地？」阮士中還未答話，田青文搶著道：「有威震天南殷師叔在此，就眞有厲害埋伏，也不用怕。」殷吉微微一笑，道：「瞧他們走得匆忙，似乎又不像設伏。這樣吧，」一手指右首，說道：「咱們從這邊繞道上山，轉過來攻他們個出其不意。」曹雲奇叫道：「好，此計大妙！」

殷吉等都下了馬，將馬匹繫在大松樹下，翻起長衣下襟縛在腰裏，展開輕功提縱術，從山坡右首上山。這一帶樹木叢生，山石嶙峋，行走不便，但多了一層掩蔽，不易爲敵人察覺。五人初時魚貫而行，一個緊接一個，時候一長，漸漸分出了功夫高下。殷吉與阮士中並肩在前，曹雲奇墮後丈餘，田青文與周雲陽又在後數丈。曹雲奇心想：

「殷師叔是南宗掌門，號稱威震天南，不知他南宗的功夫與我北宗到底誰高誰低？今日倒要領教領教。」一提氣，足下加勁，倏忽搶在殷阮二人前頭。

只聽殷吉讚道：「曹世兄，好俊身手啊，當眞英雄出在年少。」曹雲奇怕他追上，不敢回頭，只道：「請殷師叔多加指點。」口中這麼說，腳下絲毫不停，奔了一陣，聽得腳步聲息，回頭望去，心中微驚，原來殷吉、阮士中兩人就在他身後不遠，忙加快腳步，急衝數丈。

殷吉微微一笑，不疾不徐的跟在後面。山上積雪更厚，道路崎嶇，行走自是費力。只過了半枝香功夫，曹雲奇漸漸慢了下來，忽覺後腦微微溫熱，似乎有人呼氣，正要回頭，右肩上有人輕輕一拍，聽得殷吉笑道：「小夥子，加把勁兒！」曹雲奇一驚，提氣向前猛衝。這一衝雖把殷阮兩人拋下了十多丈，但已心浮氣粗，頭上冒汗。他伸袖一擦額上汗水，想起適才田青文給自己擦汗的情景，嘴角間不由得露出微笑，但聽得背後踏雪之聲，殷阮兩人又趕了上來。

殷吉見曹雲奇這麼一衝一慢，知他輕功遠不如自己，只七星手阮士中一聲不響的並肩而行，自己跑得快，他也快，自己跑得慢了，他跟著放慢腳步，看來遊刃有餘，未出全力，心道：「你們師叔姪倆今兒考較老兒來著。」猛吸一口氣，施展數十年勤修苦練的輕功，在白雪山坡上宛似足不點地般奔了上去。

天龍門創自清初，原本一支，到康熙年間，掌門人的兩名大弟子不和，待掌門人一死，便分爲南北兩宗。南宗以輕捷剽悍爲尚，北宗卻注重沉穩狠辣。兩宗武功本源架式全然相同，使用之時，卻各有所長。這上山輕功原是南宗所擅，殷吉人雖肥胖，一施展本門心法，竟矯捷勝於猿猴，片刻之間，已趕出曹雲奇一里有餘。阮士中卻仍不即不離的與他並肩而行。殷吉數次放快，要想將他拋落，但每次只搶前數丈，阮士中又穩穩的追了上來。

眼見離峯頂只兩三里路程，殷吉笑道：「阮師兄，咱倆比比腳力，瞧誰先上峯頂。」阮士中道：「我又怎趕得上殷師兄？」殷吉道：「別客氣啦！」話一出口，如箭離弦般疾衝而上，不到片刻，離峯頂已只數丈，回頭見阮士中在自己身後約有丈許，一提氣，正要衝上，阮士中突然一縱而起，落在他身旁，低聲道：「那邊有人！」伸手向峯左樹叢中一指。殷吉心中一寒：「此人功力，果然在我之上。」見他彎腰低頭，輕輕向樹叢中走去，便跟隨在後。

兩人走到樹後，躲在一塊凸出的大石後面，探頭前望，只見下面谷中刀劍閃光，有五人聚在谷底。三人手執兵刃，分別守住三條通路，似防人闖進，另外兩人一揮鋼鋤，一舞鐵鏟，正在一株大樹下用力挖掘。兩人似知強敵追隨在後，時機迫促，四隻手臂一刻不停，此起彼落，忙碌異常。

殷吉低聲道：「果然是飲馬川陶氏父子。那三人是誰？」阮士中輕聲道：「飲馬川的三個寨主，都是硬手。」殷吉道：「正合適，五個對五個。」

阮士中道：「殷師兄，你我同雲奇三人自然不怕，雲陽和青文卻弱了。先出其不意的宰他一兩個，餘下的就好辦。」殷吉皺眉道：「倘若江湖上傳揚出去，說我天龍門暗施偷襲，豈不教天下英雄恥笑？」阮士中冷冷的道：「為田師哥報仇，斬草除根，一個也不留下。咱們自己不說，沒人知道。」殷吉道：「陶氏父子當真這麼難對付麼？」

阮士中點點頭，隔了片刻，說道：「平手相鬥，小弟沒必勝把握。」殷吉心知北宗自掌門人田歸農去世後，阮士中已是門中第一高手，聽說田歸農在日，也忌憚他三分，適才上山較勁，他似乎有心相讓，才成了個不勝不敗之局，若出全力，只怕自己要輸，便點頭道：「小弟是客，自然由阮師兄主持大局。」

阮士中心道：「哼，你要做英雄，由我做小人就是。」便不說話。這時曹雲奇已經趕到，再過一會，周雲陽、田青文二人也先後上來。阮士中低聲道：「殷師兄、雲奇和我各發錐子，幹了把風的三人，再圍攻陶氏父子。雲陽與青文待我們出手之後，便即上前。」四人聽了，當即放輕腳步，彎腰從山石後慢慢掩近。

田青文跟在阮士中身後，低聲叫道：「阮師叔！」阮士中停步道：「怎麼？」田青文道：「陶氏父子要捉活的。」阮士中雙眼一翻，露出一對白睛，低沉著嗓子道：「你還要迴護陶子安那小賊？」田青文道：「我總覺得不是他。」阮士中臉色鐵青，拔出插在腰帶上的那枝羽箭，遞在她手裏，輕聲道：「你自己比一比去！這是那小賊適才射雁的箭。」

田青文接過羽箭，只看了一眼，不由得兩手發顫。曹雲奇在她身旁，一直瞧她的時刻多，望敵人的時刻少，見了她這副神情，不禁又喜又怒，喜的是眼見陶子安性命難保，怒的是她對那小賊顯然情意甚深。他脾氣暴躁，越想越惱，正待出言譏刺，阮士中在他肩頭一拍，向著在東首把守的那人背心一指。

這時田青文與周雲陽已伏下身子，停步不進。阮殷曹三人各自認定了一名敵手，每人手中都暗扣三枚毒錐，悄悄走近。那毒錐是天龍門世代相傳的絕技，發出時既準且快，且毒性猛烈，給打中了三個時辰斃命，厲害之極，江湖上有個名號，叫作「追命毒龍錐」。

曹雲奇心想：「師叔要我打東首那人，我卻用毒錐先送了陶子安那小賊性命，既報師門深仇，又拔了眼中之釘。否則待會活捉了他，夜長夢多，不知師妹又會生出甚麼古怪來。」算計已定，越走越近，見離敵人已不足五十步，伏低身子，凝望著陶子安一起一伏的背影，只待阮士中揮手發號，三錐立時激射而出。

錚的一聲，陶子安手中的鋼鋤撞到了土中一件鐵器。阮士中高舉左手，正要下落，猛聽得嗤嗤嗤數聲連響，旁邊雪地裏忽然射出七八件暗器，分向陶子安等五人打去。

這些暗器突如其來的從地底下鑽出，事先沒半分朕兆，委實匪夷所思，古怪之極。陶氏父子武功了得，暗器雖近身而發，來得奇特，但眼明手快，仍各舉鋤鏟打落。望風的三人中一人仰天一摔，滾入了山溝，兩枚袖箭分從頭頸頂邊擦過，僥倖逃得性命。其餘兩人卻哼也沒哼一聲，一枚鋼鏢、一柄飛刀都正中後心，撲在雪地裏再不動彈。

這一下變起倉卒，陶氏父子固大出意料之外，阮士中等也驚愕不已。

陶子安的父親「鎮關東」陶百歲罵道：「鼠輩，敢施暗算！」這一聲宛若憑空起了個響雷，威猛無比。只見身側雪地中刀光閃動，從地底下躍出四人。

原來這四人早知陶氏父子要到此處，在雪下挖了土坑，已等候數日。四人守在坑中，坑上用樹枝蓋了，白雪遮住，只露出幾個小孔透氣，旁人又怎知曉？

陶氏父子拋下鋤鏟，急從身邊取出兵刃。陶百歲使的是根十六斤重的鋼鞭，陶子安則用單刀。滾在山溝裏的馬寨主怕敵人跟擊，在山溝中連滾數滾，這才躍起，他手中拿著一對鏈子錘。

看敵人時，當先一人身形瘦削，臉色漆黑，認得是北京平通鏢局總鏢頭熊元獻，此人精熟地堂刀功夫。飲馬川山寨曾劫過他鏢局的一枝大鏢，熊元獻使盡心機，始終沒能要回，雙方結下甚深樑子。另一個女子三十二三歲年紀，馬寨主識得她是雙刀鄭三娘。她丈夫本是平通鏢局鏢頭，在飲馬川劫鏢時刀傷殞命。此外是一個胖大和尚，手使戒刀；一個紫膛臉漢子，使一對鐵拐，均不相識。想來都是平通鏢局邀來的好手，埋伏在這裏以報昔日之仇。

陶百歲喝道：「我道是誰，原來是老夫手下敗將。除了姓熊的鼠輩，武林之中，原也沒人能做這下賤勾當。」這話雖是斥罵熊元獻，但殷吉聽了，不禁臉上一熱，斜眼看阮士中時，見他雙目凝視谷中敵對雙方，對這句話直如不聞。

熊元獻細聲細氣的道：「陶寨主，在下跟你引見引見。這位是山東百會寺的靜智大師。這位是京中一等侍衛劉元鶴劉大人，是在下的同門師兄。你們多親近親近。」陶百歲身材魁偉，聲若雷震，熊元獻恰與他相反，一個陽剛，一個陰柔，兩人倒似天生的對頭。陶百歲罵道：「好小子，一齊上吧，咱們兵刃上親近親近。」鋼鞭在空中虛擊一鞭，呼呼風響，足見膂力驚人。熊元獻不動聲色，低低的道：「在下是陶寨主手下敗將，不敢跟你動手，只想來討件物事。」陶百歲怒道：「甚麼？」熊元獻向他們挖掘的土坑一指，道：「就是這裏的東西。」

陶百歲一捋滿腮灰白鬍子，更不打話，劈面就是一鞭。熊元獻閃身避過，叫道：「且慢動手。」陶百歲喝道：「又有甚麼話說？」熊元獻道：「在下已在這裏等了三日三夜，專等陶寨主到來。如不瞧兩位父子金面，此物早就取了。這裏的東西本來不是飲馬川的，一向由天龍門經管，現下換換主兒，也沒甚麼不該。」陶子安道：「熊鏢頭說得好漂亮。這雪山上千里冰封，你們倘若早知埋藏之處，還不早就拿了去？」

那鄭三娘一心要報殺夫之仇，叫道：「多說甚麼？動手吧！」話聲未畢，三柄飛刀唰唰唰接連向馬寨主射去。馬寨主鏈子雙錘飛起，打落兩柄飛刀，見第三柄來得更加勁急，直取胸口，雙手一崩，雙錘之間的鐵鏈橫在當胸，正好擋落飛刀，左錘一縮，右錘撲面打出。鄭三娘身形靈動，矮身低頭，雙刀一招「旋風勢」，直撲進懷。馬寨主左錘飛出，消去這招。

這兩人一動上手，那和尚揮戒刀直取陶百歲。鎮關東不避反迎，鐵鞭橫打，刀鞭相交，迸出星星火花。和尚只覺手臂酸麻，刀鋒已給打出個缺口。陶子安舞刀奔向熊元獻。六人分作三對，在雪地裏性命相撲。劉元鶴手執雙拐，在旁掠陣，見和尚不是陶百歲對手，叫道：「大師退下，讓我來會會鎮關東。」那和尚兀自戀戰。劉元鶴跨上一步，右膀在靜智和尚肩頭一撞。那和尚立足不住，跌出三步，破口罵道：「操你奶奶，你來撞老子！」忽覺金刃劈風，一刀向腦門劈來，忙縮頭躲閃，卻是陶子安抽空砍了他一刀。靜智嚇出一身冷汗，驚怒之下，挺刀與熊元獻雙鬥陶子安。

劉元鶴武功比師弟強得多，陶百歲鐵鞭橫掃，他竟硬接硬架，鐵拐一立，鐵鞭碰鐵拐，噹的一聲大響。劉元鶴不動聲色，右拐稍沉，拐頭鎖住敵人鞭身，左拐摟頭蓋落。陶百歲與他數招一過，已知遇到勁敵，抖擻精神，使開六合鞭法，單鞭鬥雙拐，猛砸狠打。

時候一長，劉元鶴漸佔上風，陶百歲已是招架多，還手少。陶子安以一敵二，更加形迫勢蹙，心想眼前唯一指望，是馬寨主速下殺手擊斃鄭三娘，將熊元獻接過，自己就能俟機殺了和尚。但鄭三娘也已瞧明白戰局大勢，只要自己盡力支撐，陶氏父子不免先後送命，當下只守不攻，雙刀守得嚴密異常，馬寨主雙錘雖如狂風暴雨般連環進攻，卻始終傷她不得。再拆數十招，鄭三娘究是女流，力氣不加，不住後避。馬寨主踏步上前追擊，突見鄭三娘左刀一晃，露出老大空門，大喜之下，搶上一步，揮錘擊落，驀地裏右足足底一虛，竟踏在熊元獻等先前藏身的土坑上。這坑大半仍爲白雪掩沒，激鬥之際，沒加留神，鄭三娘有意引他過去。他這一足踏空，身子向前撲跌，暗叫不好，待要躍起，鄭三娘右刀疾砍，登時將他左肩卸落。

馬寨主慘叫一聲，暈了過去，鄭三娘右手補上一刀，將他砍死在坑中。陶子安聽到馬寨主叫聲，情知不妙，但爲熊元獻與靜智兩人纏住了，自顧不暇，不能分手救人。鄭三娘喘了幾口氣，理一理鬢髮，取出一塊白布手帕包在頭上，舞動雙刀上前夾擊陶百歲。陶百歲向以力大招猛見長，但年紀老了，精力就衰，與劉元鶴單打獨鬥已相形見絀，再加上個鄭三娘在旁偷襲騷擾，更加險象環生。

鬥到酣處，劉元鶴叫一聲：「著！」一招「龍翔鳳舞」，雙拐齊至。陶百歲揮鞭擋住，卻見鄭三娘雙刀圈轉，也是兩般兵刃同時攻到。陶百歲一條鞭架不開四件兵刃，大喝一聲，飛左腳將鄭三娘踢了個觔斗，但左脅終於給她刀鋒劃了個口子。片刻之間，傷口流出的鮮血將雪地染得殷紅一片。但他勇悍異常，舞鞭酣戰，全不示怯。

陶子安見情勢險惡，疾攻三刀，乘靜智退開兩步，向後躍開，叫道：「罷啦，我父子認輸就是。你們要寶還是要命？」鄭三娘揮刀向陶百歲進攻，叫道：「寶也要，命也要。」熊元獻心裏卻另有計較，他去年失了一枝大鏢，賠得傾家蕩產，心想與其殺他父子，不如叫飲馬川獻出金銀贖命，叫道：「大家且住，我有話說。」

劉元鶴為人精細，鄭三娘一向聽總鏢頭吩咐，聽他如此說，均向旁躍開。靜智卻是個莽和尚，鬥得興發，那裏還肯罷手，一柄戒刀使得如風車相似，直向陶子安迫去。熊元獻連叫：「靜智大師，靜智大師。」靜智宛如未聞。陶子安一聲冷笑，將單刀往地下一抛，挺胸道：「你敢殺我？」

靜智舉起戒刀，正要猛力砍落，忽見他如此，不禁一呆，戒刀舉在半空，凝住不動。陶子安罵道：「賊禿！」迎面一拳，正中鼻樑。靜智出其不意，身子一晃，一交坐倒，一摸自己鼻子，滿手鼻血。這一來叫他如何不怒，狂吼急叫，爬起身來，向陶子安猛撲過去，大罵：「操你奶奶！」熊元獻伸臂拉住，叫道：「且慢！」

陶子安躍入坑中，揮動鋼鋤掘了幾下，隨即抛開鋤頭，捧著一隻兩尺來長的長方鐵盒縱身而上。劉元鶴等各現喜色，向陶子安走近幾步。

阮士中低聲向殷吉道：「殷師兄，你與雲奇發錐傷人，我去搶寶。」殷吉低聲道：「傷那一邊的人？」阮士中左手中間三指捲曲，伸出拇指與小指，做個「六」字的手勢，意思說六人全傷。殷吉心道：「好狠毒！」點了點頭，扣緊手中的毒錐，斜眼看曹雲奇時，只見他雙眼盯著陶子安，這些時候之中，他眼光始終沒一瞬離開過此人。

陶子安捧著鐵盒，朗聲說道：「今日我父子中了詭計，這武林至寶麼，嘿嘿，自當雙手奉上。只是在下有一事不明，倒要領教。」熊元獻瞇著一雙小眼，道：「少寨主有何吩咐？」陶子安道：「你們怎知這鐵盒埋在此處？又怎知我們這幾日要來挖取？」熊元獻道：「少寨主既想知道，跟你說了，卻也不妨。天龍門田老掌門封劍之日，大宴賓朋。少寨主是田門快婿，一定到了？」陶子安點了點頭。熊元獻指著劉元鶴道：「我這位師兄當日也是座上賓客，只少寨主英雄年少，沒把劉師兄放在眼裏。」陶子安冷笑道：「哈哈，我岳丈宴請好朋友，原來請到了奸細。」

熊元獻並不動怒，仍細聲細氣的道：「言重了。劉師兄久仰尊駕英名，不免對少寨主多看了幾眼，那也是飲馬川威名遠播之故啊。那日少寨主一舉一動，沒曾離了劉師兄的眼光。」陶子安道：「妙極，妙極！這盒兒該當獻給劉大人的了。」雙手前伸，將鐵盒遞過。

劉元鶴眉不揚，肉不動，伸手去接。陶子安突然在鐵盒邊上一揿，颼颼颼三聲，三枝短箭從鐵盒中疾飛而出，向劉元鶴當胸射去。兩人相距不到三尺，急切間那能閃避？劉元鶴危急中順手拉過靜智在身前一擋。只聽一聲慘呼，兩枝短箭一齊釘入那和尚的咽喉，靜智立時氣絕。第三枝箭偏在一旁，卻射入了熊元獻左肩，直沒至羽，傷勢也自不輕。

這個變故，比適才熊元獻等偷襲更加奇特。田青文忍不住「啊」的一聲叫了出來。劉元鶴聽得背後有人，顧不得與陶氏父子動手，躍向山石，先護住背心，這才轉身察看。

阮士中叫道：「動手！」縱身撲下。曹雲奇手一揚，三枚毒錐對準陶子安射出。田青文早知他心意，見他揚手發錐，立即挺肩往他左肩撞去。曹雲奇身子一側，怒喝：「幹甚麼？」三錐準頭全偏，都落入了雪地。

殷吉的毒錐本待射向劉元鶴，田青文一出聲，爲他立時知覺，此人應變奇快，竟已無機可乘。阮士中大叫：「物歸原主。」左手五指如鉤，抓向陶子安雙目，右手五指已抓住鐵盒邊緣。

劉元鶴鐵拐豎立，與殷吉的長劍搭上了手。兩人在田歸農的筵席中曾會過面，都知對方是武學名家，此刻數招一過，各自暗驚。

周雲陽挺劍奔向熊元獻。田青文的單劍與鄭三娘雙刀戰在一起。曹雲奇長劍閃動，不去拚鬥，閒在一旁的陶百歲，卻向陶子安胸口刺去，一招「白虹貫日」，身隨劍至，勢若拚命。陶子安沒持兵刃，只得放手鬆開鐵盒，後躍避開，俯身搶起單刀，反身來奪。阮士中左手抱住盒子，陰沉著臉罵道：「好小子，放暗箭害死岳丈，原來是看中了我天龍門至寶。」陶子安叫道：「誰說我害了岳父？」揮刀猛攻，急著要奪回鐵盒。

但這鐵盒一入七星手阮士中之手，莫說曹雲奇在旁仗劍相助，單憑阮士中一雙肉掌，陶子安也休想奪得回去。陶百歲叫道：「姓阮的，這鐵盒是田親家親手交與我兒，你是不服，還是怎地？」大聲叫嚷，揮鞭向阮士中頭頂擊落。阮士中一躍丈餘，縱到田青文身旁，舉盒向鄭三娘迎面一揚。鄭三娘適才見盒中放出暗器，生怕又有短箭射出，忙矮身閃避。那知阮士中只虛張聲勢，待田青文擺脫糾纏，將鐵盒交在她手中，說道：「護住盒子，讓我對付敵人。」

他手中一空，立即返身來鬥陶百歲。這天龍北宗第一高手果然武功了得，陶百歲雖鞭沉力猛，卻給他一雙空手迫得連連倒退。熊元獻肩頭中箭，爲周雲陽一柄長劍迫住了，始終緩不出手來去拔箭，那箭留在肉裏，一使勁半邊身子劇痛難當。只劉元鶴與殷吉鬥了個旗鼓相當。

田青文抱住鐵盒，施開輕功，疾向西北方奔去。陶子安舉刀向曹雲奇猛劈，見他提劍封門，這一刀竟不劈下，忽地轉身，向田青文追去。曹雲奇大怒，隨後急趕，只追出數步，斜刺裏雙刀砍到，卻是鄭三娘從旁截住。曹雲奇心中焦躁，連進險招。鄭三娘武藝雖不甚精，卻練就一套專門守禦的刀法，只要這「鐵門閂」刀法使開了，六六三十六招之內，對方功夫再高，也不易取勝。曹雲奇連變三路劍法，一時竟奈何她不得。

田青文奔出里許，見陶子安隨後跟來，正合心意，轉過個山坡，站定身子，似嗔似笑的道：「你追我幹麼？」陶子安道：「妹子，咱們合力對付了那幾個奸賊，自己的事總好商量。」田青文道：「誰是你妹子？你幹麼害我爹爹？」陶子安突然在雪地裏雙膝跪倒，指天立誓，大聲道：「皇天在上，倘若我陶子安害了天龍門田老掌門，叫我萬箭攢身，亂刀分屍！」

田青文臉上露出笑容，伸手拉他臂膀，柔聲道：「不是你就好啦。我也早知不是你，他們……他們……」陶子安躍起身來，握住她左手，說道：「妹子……」剛叫得一聲，忽見田青文臉上變色，知道背後來了人，急忙轉身，只聽一人喝道：「你們兩個，在這裏鬼鬼祟祟的幹甚麼？」田青文怒道：「甚麼鬼鬼祟祟？你給我嘴裏放乾淨些。」

陶子安見是曹雲奇趕到，叫道：「曹師兄，你莫誤會。」曹雲奇圓睜雙目，喝道：「操你娘，誤會你媽個屁！」提劍分心疾刺，陶子安舉刀招架。

兩人鬥了數合，雪地裏腳步聲響，鄭三娘如風奔來。曹雲奇罵道：「臭婆娘，纏個沒完沒了。」反手一劍。鄭三娘左刀擋架，右手回了一刀。陶子安叫道：「鄭三娘，咱倆併肩子上，先殺了這蠻漢再說。」

他一語甫畢，一招「抽樑換柱」，左手虛托，刀鋒從橫裏向曹雲奇反劈過去。曹雲奇以一敵二，絲毫不懼。他有意要在心上人之前賣弄本事，劍走偏鋒，反連連進招。陶子安讚道：「好劍法！」曲腿矮身，一招「上步撩陰」向他胯下揮去。鄭三娘料想他豎劍相架，上盤勢必空虛，當即雙刀向曹雲奇肩頭砍落。不料陶子安這一刀揮到中途，突然轉為「退步斬馬刀」，手腕疾翻，一刀砍在鄭三娘腿上，喝道：「躺下。」

這一招毒辣異常，比鄭三娘再強數倍的高手也難防備，卻教她如何閃避得了？她腿上劇痛，向後便跌。陶子安搶上一步，舉刀往她頸中砍下。呼的一聲，曹雲奇長劍遞出，將他單刀架開，叫道：「你要不要臉？」陶子安笑道：「我是有心助你。」

曹雲奇正要喝罵，劉元鶴、殷吉、陶百歲、阮士中等已先後趕到。他們都掛念著鐵盒，見田青文抱著盒子奔開，不願無謂戀戰，一待敵人攻勢略緩，都抽身追來。陶子安叫道：「爹，天龍門是好朋友。你別跟阮師叔動手。」

陶百歲尚未答話，曹雲奇高聲叫道：「你害死我恩師，誰跟你是好朋友？」唰唰唰，向他疾刺三劍。陶子安擋開兩劍，第三劍險些避不開去，向左急閃，劍刃貼右頰而過。他嚇得臉無血色，忽聽田青文叫聲：「小心！」一枚暗器從身旁飛過，緊接著風聲微響，後臀上吃了一刀。

原來鄭三娘受傷後倒地不起，心中又恨又悔：「他飲馬川是我殺夫大仇，這小賊素來詭計多端，我怎能信他的話，不加提防？」見陶子安避劍後退，正是偷襲良機，奮身躍起，揮刀往他頭頂砍去。田青文眼明手快，急發一錐，搶先釘中她右肩。幸得這一錐，才救了陶子安性命，鄭三娘那刀砍得低了，只砍中他後臀。

鄭三娘身中毒錐，又向後跌。陶子安罵聲：「賤人！」單刀脫手，對準她胸口猛擲下去，這一擲勢勁力疾，相距又近，眼見得一刀要將她釘入地下，突然空中嗤的一聲急響，一枚暗器從遠處飛來，正中刀身，噹的一聲，單刀盪開，斜斜插入鄭三娘身旁雪地之中。

劉元鶴、阮士中等均正注目鐵盒，或亟欲劫奪、或旨在守護，聽這暗器破空之聲響得怪異，都是一驚，這暗器遠飛而至，落點既準，勁力又重，竟將單刀打開。各人一驚之下，齊向暗器來路望去，見一個花白鬍子的老僧右手拿著一串念珠，唸道：「善哉，善哉！」快步走來，俯身拾起一物，串在念珠繩上，原來他適才所發暗器只是一粒念珠。

這串念珠看來份量不輕，黑黝黝的似是鋼鐵所鑄。這和尚從數丈外彈來小小一粒念珠，竟能撞開一把八九斤重的鋼刀，指力非同小可。衆人驚愕之下，都眼睜睜的望著他。但見他一對三角眼，塌鼻歪嘴，一雙白眉斜斜下垂，容貌猥蒽詭異，雙眼佈滿紅絲，單看相貌，倒似是個市井老光棍，那知武功竟如此高強。

那僧人伸手扶起鄭三娘，拔下她肩頭毒錐，見傷口中噴出黑血，鄭三娘大聲呻吟。那僧人從懷中取出一粒紅色藥丸，塞在她口裏，向衆人逐個望去，自言自語的道：「這藥丸只可暫時止痛。毒龍錐是天龍門獨門暗器，和尚可救她不得。」他眼光停在阮士中臉上，說道：「這位施主是天龍門高手了？不看僧面看佛面，敢請慈悲則個。」說著合什行禮。

阮士中和鄭三娘本不相識，原無仇怨，見那僧人如此本領，若不允取出解藥，今日決討不了好去，他久歷江湖，當硬則硬，當軟則軟，見那僧人合什躬身，立即還禮，說道：「大師吩咐，自當遵命。」從懷中取出兩個小瓶，在一個瓶裏倒出十粒黑色小丸，給鄭三娘服了，將另一個瓶子遞給田青文道：「給她敷上。」田青文接過藥瓶，將鐵盒交給師叔，自去給鄭三娘敷藥。

那僧人道：「施主慈悲。」又打了一躬，說道：「請問各位在此互鬥，爲了何事？天下沒解不開的樑子，和尚老了臉皮，倒想作個調人，嘿嘿。」

衆人相互望了一眼，有的沉吟不語，有的臉現怒容。曹雲奇指著陶子安罵道：「這小賊害死我師父，偷了我天龍門的鎮門之寶。大師，你說該不該找他償命？」說著手中長劍虛劈，劍刃震動，嗡嗡作聲。

那老僧問道：「尊師是那一位？」曹雲奇道：「先師是敝門北宗掌門，姓田。」那老僧「啊喲」一聲，說道：「原來歸農去世了，可惜啊可惜。」語氣之中，似乎識得田歸農，而口稱「歸農」，竟然自居尊長。田青文剛給鄭三娘敷完藥，聽那老僧如此說，上前盈盈拜倒，哭道：「求大師給先父報仇，找到眞兇。」

那老僧尚未回答，曹雲奇已叫了起來：「甚麼眞兇假兇？這裏有贓有證，這小賊難道還不是眞兇？」陶子安只管冷笑，並不答話。陶百歲卻忍不住了，喝道：「田親家跟我數十年交情，兩家又是至親，我們怎能害他？」曹雲奇道：「就是爲了盜寶啊！」陶百歲大怒，縱上前去揮鞭擊落。曹雲奇正要還手，突見那老僧左手揮出，在陶百歲右腕上輕輕一勾，鋼鞭猛然反激。陶百歲只覺掌心一震，虎口劇痛，竟拿揑不住，忙撒手躍開，啪的一聲，鋼鞭跌在雪地，埋入了半截。

衆人本來圍在僧人身周，突見鋼鞭飛起跌落，各自後躍，登時在那僧人身旁留出好大一個圓圈，各人眼睜睜的瞧著這和尚，都好生詫異，暗想：「鎭關東素以膂力剛猛稱雄武林，怎麼給他這般輕描淡寫的一勾一帶，竟連兵刃也拿不住了？」

陶百歲滿臉通紅，叫道：「好和尚，原來你是天龍門邀來的幫手。」那老僧微微一笑，道：「施主恁大年紀，仍這等火氣。不錯，和尚確是受人之邀，才到長白山來。不過邀請和尚的，卻不是天龍門。」天龍門諸人與陶氏父子俱吃一驚，心道：「怪不得他相救鄭三娘。他既是平通鏢局的幫手，這鐵盒兒就難保了。」阮士中退後一步。殷吉與曹雲奇雙劍上前，護在他左右兩側。

那僧人宛如未見，續道：「此間一無柴火，二無酒飯，他媽的寒氣好生難熬。那主人的莊子離此不遠，各位都算是和尚的朋友，不如同去歇腳。那主人見到衆位英雄好漢降臨，一定開心，他奶奶的，大家同去擾他一頓！」說罷呵呵而笑，對衆人適才的浴血惡鬥，似乎全不放在心上。

衆人見他面目雖然醜陋，說話倒也和氣，出家人口出「他奶奶的」四字，未免有點突兀，但這些豪客聽在耳裏，反感親切自在，提防之心消了大半。

殷吉道：「不知大師所說的主人，是那一位前輩？」那老僧道：「這主人不許和尚說他名字。和尚生來好客，既出口邀請，若有那一位不給面子，和尚可要大感臉上無光了。」劉元鶴見這老僧處處透著古怪，心中嘀咕，微一拱手，說道：「大師莫怪，下官失陪了。」說罷返身便奔。

那老僧笑道：「在這荒山野地之中，居然還能見到一位官老爺，好福氣啊，他媽的好福氣。」他待劉元鶴奔出一陣，緩緩說完這幾句話，斗然間身形晃動，隨後追去。只見他在雪地裏縱跳疾奔，身法極其難看，又笨又怪，令人不由得好笑。

但儘管他身形既似肥鴨，又若蛤蟆，片刻間已抄在劉元鶴身前，笑道：「和尚要對不住官老爺了。」不待劉元鶴答話，左手兜了個圈子，忽然翻過，抓住了他右腕。劉元鶴斗感半身酸痲，知道自己胡裏胡塗的已讓他扣住脈門，情急之下，左手出掌往老僧擊去。那老僧左手拇指與食指拿著他右腕，見他左掌擊來，左手提著他右臂一舉，中指、無名指、小指三根手指鉤出，搭上了他左腕。這一來，他一隻手將劉元鶴雙手一齊抓住，右手提著念珠，一竄一跳的回來。

衆人見劉元鶴雙手就如給一副鐵銬牢牢銬著，身不由主的給那老僧拖回，都又驚又喜，驚的是這老僧功夫之高，甚爲罕見，喜的是他並非平通鏢局所邀幫手。那老僧拉著劉元鶴走到衆人身前，說道：「劉大人已答應賞臉，各位請吧。」

有劉元鶴的榜樣在前，即令有人心存疑懼，也不敢再出言相拒，自討沒趣。那老僧握著劉元鶴手腕，緩緩向前，走出數步，忽然轉身道：「甚麼聲音？」衆人當即停步，聽得來路上隱隱傳來一陣氣喘吆喝之聲，似有人在奮力搏擊。阮士中斗然醒悟，叫道：「雲奇，快去幫一幫雲陽。」曹雲奇叫道：「啊喲，我竟忘了。」挺劍向來路奔回。

那老僧仍不放開劉元鶴，拉著他一齊趕去，只趕出十餘丈，劉元鶴足下功夫已相形見絀。他雖提氣狂奔，仍不及那老僧快捷，只雙手遭握，雖出力掙扎，老僧五根又瘦又長的手指竟沒放鬆半點。再奔數步，那老僧又搶前半尺，這一來，劉元鶴立足不穩，身子向前俯跌，雙臂夾在耳旁舉過頭頂，給那老僧在雪地裏拖曳而行。他又氣又急，只想飛腳向老僧踢去，但老僧越拖越快，自己站立尚且不能，怎說得上發足踢人？

倏忽之間，眾人已回到坑邊，只見周雲陽與熊元獻互相揪扭，在雪地裏滾動。兩人兵刃均已脫手，貼身肉搏，連拳腳也使用不上，肘撞膝蹬、頭頂口咬，直如市井無賴當街廝打一般。曹雲奇仗劍上前，要待往熊元獻身上刺落，但兩人翻滾纏打，只怕誤傷了師弟，急切間下手不得。

那老僧走上幾步，右手抓住周雲陽背心提起。周熊兩人扭鬥正緊，手腳相互勾纏，提起一人，將另一人也帶了上來。兩人打得興發，雖身子臨空，仍毆擊不休。那老僧哈哈大笑，右手一振，兩人手足齊麻，砰的一響，熊元獻摔出了五尺之外。那老僧放落周雲陽，鬆了劉元鶴的手腕。劉元鶴給他抓得久了，手臂一時之間竟難彎曲，仍高舉過頭，過了一會才慢慢放下，見雙腕上指印深入肉裏，不禁駭然。

那老僧道：「他奶奶的，大夥兒快走，還來得及去擾主人一頓狗日的早飯。」眾人相互瞧了一眼，一齊跟在他身後。鄭三娘腿上傷重，熊元獻顧不得男女之嫌，將她負起。陶氏父子、周雲陽等均各負傷。但見雪地裏一道殷紅血跡，引向北去。

行出數里，傷者哼哼唧唧，都有些難以支持。田青文從背囊中取出一件替換的布衫，撕碎了先給周雲陽裹傷，又給陶氏父子包紮。曹雲奇哼了一聲，待要發話。田青文橫目使個眼色，曹雲奇雖不明其意，終於忍住了口邊言語。

又行里許，轉過一個山坡，地下白雪更深，直沒至膝，行走好生爲難，衆人雖都有武功，亦感不易拔足，各自心想：「不知那主人之家還有多遠？」那老僧似知各人心意，指著左側一座筆立的山峯道：「不遠了，就在那上面。」

英雄
敵手

兩名小童背上各負一柄長劍，形相俊雅，眉目如畫，面貌一模一樣，毫無分別。田青文對雙童微笑道：「吃些果兒！」

二

眾人仰望山峯，不禁都倒抽口涼氣，全身冷了半截。那山峯雖非奇高，但宛如一根筆管般豎立在羣山之中，陡削異常，即令猿猴也不易上去，不禁將信將疑：「本領高強之人就算能攀得上去，可是在這陡峯絕頂之上，難道還能有人居住不成？」

那老僧微微一笑，在前引路，又轉過兩個山坡，進了一座大松林。林中松樹大都是數百年的老樹，枝柯交横，樹頂上壓了數尺厚的白雪，是以林中雪少，反而好走。這座松林好長，走了半個時辰方始過完，一出松林，即到山腳。

眾人再望山峯，此時近觀，更覺驚心動魄，心想即在夏日，亦難爬上，眼前滿峯是雪，若冒險攀援，摔將下來，非跌個粉身碎骨不可。

一陣山風過去，吹得松樹枝葉相撞，轟轟作響，有如秋潮夜至。眾人浪跡江湖，都見過不少大陣大仗，但此刻立在這山峯之下，竟不自禁的膽怯。那老僧從懷中取出個花筒火箭，晃火摺點著了。嗤的一聲輕響，火箭衝天而起，拖曳一道藍煙，久久不散。

衆人知是江湖上傳遞信息的訊號，只是這火箭飛得如此之高，藍煙在空中又停留這麼久，卻甚罕見。衆人仰望峯頂，察看動靜。

過了片刻，只見峯頂出現一個黑點，迅速異常的滑了下來，越近越大，待得滑到半山，已看清楚是一隻極大竹籃。籃上繫著竹索，原來是山峯上放下來接客之用。

竹籃落到衆人面前，停住不動。那老僧道：「這籃子坐得三人，讓兩位女客先上去，還可再坐一位男客。那一個坐？和尚不揩女施主的油，我是不坐的，哈哈。」衆人均想：「這和尚武功甚高，說話卻恁地粗魯無聊。」

田青文扶著鄭三娘坐入籃中，心道：「我既先上了去，曹師哥定要乘機相害子安。但若我叫子安同上，師叔面前須不好看。」向曹雲奇招手道：「師哥，你跟我一起上。」曹雲奇受寵若驚，向陶子安望了一眼，神色間顯得甚是得意，跨進籃去，在田青文身旁坐下，拉著竹索用力搖了幾下。

只覺籃子晃動，登時向峯頂升了上去。曹田鄭三人就如憑虛御風、騰雲駕霧一般，心中空蕩蕩的甚不好受。籃到峯腰，田青文向下望去，見山下衆人已縮成了小點，原來這山峯遠望似不甚高，其實壁立千仞，委實高峻。田青文只感頭暈目眩，當即閉眼，不敢再看。

約莫一盞茶時分，籃子升到峯頂停住。曹雲奇跨出竹籃，扶田鄭二人出來。見山峯旁好大三個絞盤，互以竹索牽連，三盤互絞，升降竹籃，十餘名壯漢扳動三個絞盤，又將籃子放了下去。籃子上下數次，那老僧與羣豪都上了峯頂。絞盤旁站著兩名灰衣漢子，先見曹雲奇等均不理睬，直到老僧上來，這才趨前躬身行禮。

那老僧笑道：「和尙沒通知主人，就帶了幾個朋友吃白食來了。哈哈！」一個長頸闊額的中年漢子躬身道：「既是寶樹大師的朋友，敝上自十分歡迎。」衆人心道：「原來這老僧叫作寶樹。」

那漢子團團向衆人作了個四方揖，說道：「敝上因事出門去了，沒能恭迎嘉賓，請各位英雄恕罪。」衆人當即還禮，各自納罕：「這人身居雪峯絕頂，衣衫單薄，卻沒絲毫怕冷的模樣，自然內功不弱。可是聽他語氣，卻是為人傭僕下走，那他的主人又是何等英雄人物？」

寶樹臉上微有訝色，問道：「你主人不在家麼？怎麼在這當口還出門？」那漢子道：「敝上七日前出門，到寧古塔去了。」寶樹道：「寧古塔？去幹甚麼？」那漢子向阮士中等望了一眼，似乎不便相告。寶樹道：「但說不妨。」那漢子道：「主人說對頭厲害，只怕到時敵他不住，因此趕赴寧古塔，去請金面佛上山助拳。」

眾人聽到「金面佛」三字，都嚇了一跳。此人是武林前輩，眞名叫作苗人鳳，除外號「金面佛」外，二十年來江湖上號稱「打遍天下無敵手」。爲了這七字外號，不知給他招來了多少強仇，樹上了多少勁敵，可是他武功也眞高，不論是那一門那一派的好手，無不一一輸在他手裏。近十年他銷聲匿跡，武林中不再聽到訊息，有人傳言他已在西域病死，但沒人親見，也只將信將疑。這時忽聽得他非但尚在人世，而且此間主人正去邀他上山，人人登時都感詫異，又隱隱不安。

原來這金面佛武功既高，向來嫉惡如仇，有誰幹了重大邪惡行逕，他不知道便罷，只要給他聽到了，往往便找上門來理會，作惡之人，輕則損折一手一足，重則殞命，多半逃避不了。上山這夥人個個做過或大或小的虧心事，猛聽到「金面佛」三字，不由得暗中心驚肉跳，深怕給他追究前事。

寶樹微微一笑，說道：「你主人也忒煞小心了，諒那雪山飛狐有多大本領，用得著這等費事？」那漢子道：「有大師遠來助拳，咱們原已穩操勝券。但聽說那飛狐的確兇狡無比。敝上說有備無患，多幾個幫手，也免得讓那飛狐走了。」眾人又各尋思：「雪山飛狐又是甚麼厲害腳色？」寶樹和那漢子說著話，當先而行，轉過了幾株雪松。見前面一座極大的石屋，屋前屋後都是白雪。

眾人進了大門，走過一道長廊，來到前廳。那廳極大，四角各生著一盆大炭火。廳上居中掛著一副木板對聯，寫著廿二個大字：

不來遼東　大言天下無敵手
邂逅冀北　方信世間有英雄

上款是「希孟仁兄正之」，下款是「妄人苗人鳳深慚昔年狂言醉後塗鴉」。

眾人都是江湖草莽，也不明白對聯上的字是甚麼意思，似乎這苗人鳳對自己的外號有些慚愧。廿二個字龍飛鳳舞，深入木裏，當是順著筆跡剜刻而成。對聯之間的中堂以雪山爲背景，繪著一叢鮮艷華美的牡丹。

寶樹臉色微變，說道：「你家主人跟金面佛交情可深得很哪。」那長頸漢子道：「是！我們莊主跟苗大俠已相交多年。」寶樹「哦」了一聲。

劉元鶴一顆心更怦怦跳動，暗道：「來到苗人鳳朋友的家裏啦。我這條老命看來已送了九成。」片刻之間，兩隻手掌中都冷汗淋漓。

各人分別坐下，那漢子命人獻上茶來，站在下首相陪。

寶樹說道：「這金面佛當年號稱『打遍天下無敵手』，原也太過狂妄。瞧這副對聯，他自己也知錯了。」那長頸漢子道：「不，我家主人言道，這是苗大俠自謙。其實若不是太累贅了些，苗大俠這外號之上，只怕還得加上『古往今來』四字。」寶樹哼了一聲，冷笑道：「嘿！佛經上說，當年佛祖釋迦牟尼降世，一落地便自稱『天上地下，唯我一人稱獨尊』，這句話跟『古往今來，打遍天下無敵手』，倒配得上對兒。」

曹雲奇聽他言中有譏刺之意，放聲大笑。

那長頸漢子怒目相視，說道：「貴客放尊重些。」曹雲奇愕然道：「怎麼？」那漢子道：「若金面佛知你背後笑他，只怕貴客須不方便。」曹雲奇道：「武學之道無窮，要知天外有天，人上有人。他也是血肉之軀，就算本領再高，怎稱得『打遍天下無敵手』七字？」那漢子道：「小人見識鄙陋，不明世事。只是敝上說稱得，想來必定稱得。」

曹雲奇聽他言語謙下，神色卻極不恭，不由得怒氣上沖：「我是一派掌門，焉能受你這低三下四的傭僕之氣？」冷笑道：「天下除了金面佛，想來貴主人算得第一了？嘿嘿，可笑！」那漢子道：「也沒甚麼可笑！」伸手在曹雲奇所坐的椅背上輕輕一拍。曹雲奇只感椅子劇震，身子便即彈起。他手中正拿著茶碗，這一下出其不意，茶碗脫手掉落，眼見要在地下跌得粉碎，那漢子俯身伸手，抄住了茶碗，說道：「貴客小心了。」曹雲奇滿臉通紅，轉過頭不理。那漢子將茶碗放在几上，茶水也沒濺出多少。

寶樹對這事視若不見，向那長頸漢子道：「除金面佛跟老衲之外，你主人還約了誰來助拳？」那漢子道：「主人臨去時吩咐小人，說青藏派玄冥子大師、崑崙山靈清道長、河南無極門姜老拳師這幾位，日內都要上山，囑咐小人好好侍奉。大師第一位到，足見盛情，敝上知道了，必定感激得緊。」

寶樹大師受此間主人之邀，只道自己一到，便有天大棘手事也必迎刃而解，豈知除自己外，主人還邀了這許多成名人物。這些人自己雖大都沒見過面，卻都素來聞名，沒一位不是頂兒尖兒的高手，名望個個在自己之上，早知主人邀了這許多人，倒不如不來了，那金面佛苗人鳳更遠而避之的爲妙；自己遠來相助，主人卻不在家接客，未免不敬，心下不快，說道：「老衲固然不中用，但金面佛一到，還有辦不了的事嗎？何必再另約旁人？」那漢子道：「敝上言道，乘此機會，和衆家英雄聚聚。興漢丐幫的范幫主也要來。」寶樹一凜，道：「范幫主也來？那飛狐到底約了多少幫手？」那漢子道：「聽說他不約幫手，只孤身一人。」

阮士中、殷吉、陶百歲等均久歷江湖，聽雪山飛狐孤身來犯，這裏主人布置了這許多一等一的高手之外，還要去請金面佛與丐幫范幫主來助拳，都想這雪山飛狐就算有三頭六臂，也用不著對他如此大動干戈。眼見這寶樹和尚武功如此了得，單是他一人，多半便足以應付，何況我們上得山來，到時也不會袖手旁觀，只不過初時主人料不到會有這許多不速之客而已。

其中劉元鶴心中，更如十五個吊桶打水，七上八落。原來丐幫素來與朝廷作對，在幫名上加上「興漢」二字，稱爲「興漢丐幫」，顯有反清之意。上個月御前侍衛總管賽赫圖親率大內侍衛十八高手，將范幫主擒了關入天牢。這事甚爲機密，江湖上知者極少。劉元鶴就是這大內十八高手之一。今日胡裏胡塗的深入虎穴，不免凶多吉少。

寶樹見劉元鶴聽到范幫主之名時臉色微變，問道：「劉大人識得范幫主麼？」劉元鶴忙道：「不識。在下只知范幫主是北道上響噹噹的英雄好漢，當年赤手空拳，曾以『龍爪擒拿手』抓死過兩頭猛虎。」寶樹微微一笑，不再理他，轉頭問那長頸漢子道：「那雪山飛狐到底是甚麼人？他跟你家主人又結下了甚麼樑子？他奶奶的，這等痳煩！」那漢子道：「主人不曾說起，小的不敢多問。」

說話之間，僮僕奉上飯酒，在這雪山絕頂，居然肴精酒美，大出衆人意料之外。那長頸漢子道：「主人娘子多謝各位光臨，各位多飲幾杯。」衆人謝了。

席上曹雲奇與陶子安怒目相向，熊元獻與周雲陽各自摩拳擦掌，陶百歲對鄭三娘恨不得一鞭打去，雖共桌飲食，卻各懷心病。只寶樹言笑自若，大塊吃肉，大碗喝酒，滿嘴粗言穢語，那裏像個出家人模樣？

酒過數巡，一名僕人捧上一盤熱氣騰騰的饅頭，各人累了半日，早就餓了，見到饅頭，都大合心意，正要伸手去拿，忽聽得空中嗤的一聲響，衆人一齊抬頭，只見一枚火箭橫過天空，射到高處，微微一頓，炸了開來，火花四濺，原來是個彩色繽紛的煙花，緩緩散開，隱約是隻生了翅膀的狐狸。寶樹推席而起，叫道：「雪山飛狐到了。」

眾人盡皆變色。那長頸漢子向寶樹請了個安，說道：「敝上未回，對頭忽然來到，此間一切，全仗大師主持。」寶樹道：「有我呢，你不用慌。請他上來吧。」那漢子躊躇道：「這雪峯天險，諒那飛狐無法上來。小人想請大師下去跟他說，主人不在家。」寶樹說：「你吊他上來，我會對付。」那漢子道：「就怕他上峯之後，驚動了主母。」寶樹臉一沉，說道：「你怕我對付不了飛狐麼？」那長頸漢子忙又請了個安，道：「小的不敢。」寶樹道：「你讓他上來就是。」那漢子無奈，只得應了，悄悄與另一名侍僕說了幾句話，想是叫他多加提防，保護主母。

寶樹瞧在眼裏，微微冷笑，卻不言語，命人撤了席。各人散坐喝茶，只喝了一盞茶，那長頸漢子高聲報道：「客人到！」兩扇大門「呀」的一聲開了。

眾人停盞不飲，凝目望著大門，門中並肩進來兩名小童。兩名小童一般高矮，約莫十三四歲年紀，身穿白色貂裘，頭頂用紅絲結著兩根豎立的小辮，背上各負一柄長劍。這兩人眉目如畫，形相俊雅，最奇的是面貌一模一樣，毫無分別，只走在右邊那小童的劍柄斜在右肩，另一個小童的劍柄斜在左肩，手中多捧了一隻拜盒。

眾人見了這兩名小童的模樣，都感愕然，心中卻均一寬，本以爲來的是那窮兇極惡的「雪山飛狐」，那知卻是兩個小小孩童。待這兩人走近，只見兩人每根小辮兒上各繫一顆明珠，四顆珠子都小指頭般大小，發出淡淡光采。熊元獻是鏢局的鏢頭，陶百歲久在綠林，識別寶物的眼光均高，一見四顆大珠，都不禁怦然心動：「這四顆寶珠可貴重得很哪，兩人所穿的貂裘沒一根雜毛，也難得之極。就算是大富大貴之家，也未必有此珍物。」

兩個小童見寶樹坐在正中，上前躬身行禮，左邊那小童高舉拜盒。那長頸漢子接了過來，打開盒子，呈到寶樹面前。寶樹見盒中是張大紅帖子，取出一看，見上面濃墨寫著一行字道：「晚生胡斐謹拜。雪峯之會，謹於今日午時踐約。」字跡雄勁挺拔。

寶樹見了「胡斐」兩字，心中一動：「嗯，飛狐的外號，原來是將他名字倒轉而成。」點了點頭道：「你家主人到了麼？」右邊那小童道：「主人說午時準到，因恐賢主人久候，特命小的前來投刺。」他說話語聲清脆，童音未脫。寶樹見兩童生得可愛，問道：「你們是雙生兄弟麼？」那小童道：「是。」說著行了一禮，轉身便出。那長頸漢子道：「兄弟少留，吃些點心再去。」右邊那童子道：「多謝大哥，未得家主之命，不敢逗留。」田青文從果盤裏取了些果子，遞給兩人，微笑道：「那麼吃些果兒。」左邊那小童接了，道：「多謝姑娘。」

曹雲奇生性妒忌，一向暴躁，性如烈火，半分兒都忍耐不得，見田青文對兩童神態親密，怒氣暗生，冷笑道：「小小孩童，竟背負長劍，難道你們也會劍術麼？」兩童愕然向他望了一眼，齊聲道：「小的不會。」曹雲奇喝道：「那麼裝模作樣的背著劍幹麼？給我留下了。」伸出雙手，去抓兩人背上長劍的劍柄。

兩個小童絕未想到此時有人要奪他們兵器，曹雲奇出手又是極快，只聽唰唰兩聲，衆人眼前青光閃動，兩柄長劍脫鞘而出，都已給他搶在手裏。曹雲奇哈哈一笑，道：「你兩個小……」第五字未出口，兩個小童一齊縱起，一出左手，一出右手，迅速之極的按在曹雲奇頸中。兩人同時向前按落，曹雲奇待要招架，雙腳給兩人一出左腳、一出右腳的一勾，登時身不由主的在空中翻了半個觔斗，啪的一聲，結結實實的俯摔在地。

他奪劍固快，這一交摔得更快，衆人一愕之下，兩童向前撲上，要奪回他手中長劍。曹雲奇豈是弱者，適才只因未及防備，方著了道兒，他一落地立即縱起，雙劍豎立，要將兩童嚇退。不料兩童一縱，不知怎的，一人一手又已攀在他頸中，手按足勾，招式便和先前全然相同，曹雲奇又俯身摔了一交。

第一交還可說是給兩童攻其無備，這第二交卻摔得更重。他是天龍門的掌門，正當年富力壯，兩童站著只及到他胸口，二次俯跌，教他臉上如何下得來？狂怒之下，殺心頓起，人未縱起，左劍下垂，右劍突然横劈，要將兩童立斃劍下。

田青文見他這一招是本門殺手「二郎擔山」，招數狠辣，即令武功高強之人，一時也難招架，眼見這一雙玉雪可愛的孩子要死於非命，忙叫：「師哥，休下殺招。」

曹雲奇揮劍削出，聽得田青文叫喊，他雖素來聽從這師妹言語，但招已遞出，急切間收劍不及，當下腕力一沉，心想在兩個小子胸口留個記號也就罷了。那知左邊的小童忽從他腋下鑽到右邊，右邊的小童卻鑽到了左邊。他一劍登時削空，正要收招再發，突覺兩旁人影閃動，兩個小小的身軀又已撲到。

曹雲奇吃過兩次苦頭，可是長劍在外，倏忽間難以迴刺，眼見這怪招又來，仍無法拆架閃避，當即雙劍撒手，分掌向外推出，喝一聲「去！」兩掌上各使了十成力，兩個小童只要給掌緣掃上了，也非受傷不可。突然人影閃動，兩個小童忽然不見，急忙轉過身來，只見左童矮身竄到右邊，右童矮身竄到左邊，眼睛一花，項頸又讓兩人按住。

危急之下，他腰背用力，使勁向後急仰，要將兩童向後甩跌出去。勁力剛一甩出，斗覺頸上兩隻小手忽然放開，一驚之下，知道不妙，急忙收勁站直，卻已不及，兩童又一出左足，一出右足，在他雙腳後跟向前挑出。曹雲奇自己使力大了，本已站立不住，再給兩人這麼前挑，大罵「直娘賊」聲中，騰的一下，仰天急摔。這一下只跌得他脊骨如要斷折，尾閭骨劇痛，挺身要待站起，腰上使不出勁，再次仰跌。

周雲陽搶步上前，伸手扶起。兩童已乘機拾起各自長劍。曹雲奇本是紫膛臉皮，這時氣得紫中發黑，拔出腰中佩劍，一招「白虹貫日」，呼的一聲，逕向左童刺去。周雲陽見師兄接連三番摔跌，知兩童年紀雖幼，卻極不好鬥，對方共有二人，自己上前相助，也算不得理虧，跟著出劍，刺向右童。

左童向右童使個眼色，兩人舉劍架開，突然同時躍後三步。左童叫道：「大和尚，小人奉主人之命前來下書，並沒得罪這兩位，爲甚麼定要打架？」寶樹微微一笑，說道：「這兩位要考較一下你們功夫，並無惡意。你們就陪著練練。」左童道：「如此請爺們指點。」兩人雙劍起處，與曹周二人鬥在一起。

這莊子中傭僕婢女，個個都會武功，聽說對方兩個下書的小童在廳上與人動手，紛紛走出來，站在廊下觀鬥。只見一個小童左手持劍，另一個右手持劍，兩人進退趨避，直如一人，雙劍連環進擊，緊密無比。看來兩人自小起始學劍，就是練這門雙劍合璧的劍術。難得的是那左童左手使劍，竟和右童的右手一般靈便，定是天生擅用左手。

曹周師兄弟二人連變劍招，始終奈何不了兩個孩子。轉眼間鬥了數十合，曹周二人雖無敗象，卻也半點佔不到上風。

阮士中心中焦躁，細看二童武術家數，也不過是一路少林派的達摩劍法，毫無出奇之處，只是或刺或架，交叉攻防，出擊的無後顧之憂，守禦的絕迴攻之念，不論攻守，俱可全力以赴而已，自忖憑一雙肉掌可奪下二童兵刃，眼見兩個師姪久鬥不下，天龍北宗的威名搖搖欲墮，喝道：「兩個孩子果然了得。雲奇、雲陽退下，老夫跟他們玩玩。」

曹周二人聽得師叔叫喚，答應一聲，要待退開，那知二童出劍奇快，頃刻之間，雙劍俱是進手招數。曹周只得揮劍擋架，二童一劍跟著一劍，綿綿不盡，擋開了第一劍，第二劍又不得不擋，十餘招過去，竟爾不能抽身。

田青文心道：「待我接應兩位師兄下來，讓阮師叔制住這兩個小娃娃。阮師叔武功何等厲害，自然一出手便抓住了四根小辮子。」挺劍上前，叫道：「兩位師哥下來。」她見左童正向曹雲奇接連進攻，當即揮劍架開他一劍，豈知這小童第二劍出招時竟一劍雙擊，既刺曹雲奇眼角，又刺田青文左肩。田青文只得招架，這一來，她接替不下師兄，反而連自己也給纏上了。曹雲奇愈鬥愈怒，心想：「我天龍北宗劍術向來有名，今日以我三人合力，還鬥不過兩個小小孩童，江湖上傳言開去，天龍北宗顏面何存？」想到此處，出手加重。

右童見兄長受逼，迴劍向曹雲奇刺去。曹雲奇轉身擋開，左童已發劍攻向周雲陽。二人在倏忽之間調了對手，這一下轉換迅速之極，身法又極美妙，旁觀衆人不自禁的齊聲喝采。

殷吉低聲道：「阮師兄，還是你上去。他們三個勝不了。」阮士中點點頭，將鐵盒塞入腰帶，勒帶束緊，叫道：「讓我來玩玩。」一縱身，已欺到右童身邊，左指點他肩頭「巨骨穴」，右手以大擒拿手逕來奪劍。旁人見他身法快捷，出手狠辣，都不禁爲這小童擔心，卻見劍光閃動，左童的劍尖指到了阮士中後心。

阮士中一心奪劍，又想左童有周雲陽敵住，並未想到他會忽施偷襲，只聽田青文急叫：「師叔，後面！」阮士中忙向左閃避，嗤的一聲，後襟已給劃破了一道口子。那左童叫道：「這位爺小心了。」看來他還是有心相讓。

阮士中心頭一躁，面紅過耳，但他久經大敵，適才這一挫折，反而使他沉住了氣，便不敢冒進，展開大擒拿手法，鎖、錯、閉、分，尋瑕抵隙，來奪二童手中兵刃。他在這雙肉掌上下了數十年苦功，施展開來，非同尋常。但說也奇怪，曹周二人迎敵之時，二童並未佔到上風，現下加多阮田二人，仍鬥了個旗鼓相當。

殷吉心想：「南北二宗同氣連枝，若北宗折了銳氣，我南宗也無光采。今日之局，縱讓旁人說個以多勝少，總也好過落敗。」長劍出鞘，一招「流星趕月」，人未搶入圈子，劍鋒已指向左童胸口。右童叫道：「又來了一個。」橫劍迴指，點向他手腕。殷吉一凜，心道：「這兩個孩兒連環救應，果已練得出神入化。」手腕急沉，避開這劍。避這一劍並不為難，但他攻向左童的劍勢，卻也因此而卸。

大廳上六柄長劍、一對肉掌，打得呼呼風響，一鬥數十合，仍是不勝不敗之局。

陶子安見田青文臉現紅暈，連伸幾次袖口抹汗，叫道：「青妹，你歇歇，我來替你。」當即揮刀上前。曹雲奇喝道：「誰要你討好！」長劍擋開右童刺來劍招，左手握拳，卻往陶子安鼻上擊去。陶子安一笑，滑開三步，繞到了左童身後。他雖後臀負傷，刀法仍極精妙，但二童的劍術怪異無比，敵人愈衆，竟似威力相應而增。陶子安既須防備曹雲奇襲擊，又得對付二童出其不意遞來的劍招，竟鬧了個手忙腳亂。

陶百歲慢慢走近，提著鋼鞭保護兒子。刀光劍影之中，曹雲奇猛地斜劍向陶子安劈去。陶百歲怒吼一聲，揮鞭架開，跟著向曹雲奇進招。旁觀衆人見戰局變幻，都暗暗稱奇。

熊元獻當阮士中下場時見他將鐵盒塞入腰帶，心想大可上前助戰，混水摸魚，乘機下手，搶奪鐵盒也好，殺了陶氏父子報仇也好，叫道：「好熱鬧啊，劉師兄，咱哥兒倆也上！」劉元鶴與他自小同在師門，彼此知心，聽他叫喚，已明其意，雙拐擺動，靠向阮士中身畔。

那左童那想得到這許多敵手各有圖謀，見劉元鶴、熊元獻加入戰團，竟爾先發制人，出劍向兩人直攻。雙童劍術雖精，但小小孩童以二敵九，本來無論如何非敗不可，只九個人各懷異心，所使招數，倒是攻敵者少，互相牽制防範者多。

田青文見劉熊二人手上與雙童相鬥，目光卻不住往師叔腰間鐵盒瞟去，已知存心不善，叫道：「阮師叔，留神鐵盒。」阮士中久鬥不下，早已甚爲焦躁，尋思：「我等九個大人，還打不倒兩個小孩，今日可算丟足了臉。倘若鐵盒再失，以後更難做人了。」微一疏神，一股勁風掠面而過，原來右童架開曹雲奇、周雲陽的雙劍後，抽空向他劈了一劍。阮士中心中一凜，暗道：「左右是沒了臉面。」斜身側閃，手腕翻處，已將長劍拔在手裏。這九人之中，論武功原數他爲首。這時將天龍劍法使將開來，只聽叮噹聲響，陶氏父子、劉熊師兄弟等人的兵刃都讓他碰了開去。殷吉護住門戶，退在後面，乘機觀看北宗劍術的秘奧。

阮士中見衆人漸漸退開，自己身旁空了數尺，長劍使動時更爲靈便，精神一振，踏前兩步，一招「雲中探爪」，往右童當頭疾劈。這一招快捷異常，右童手中長劍正與劉元鶴鐵拐相交，忽見劍到，忙矮身相避，只聽唰的一響，小辮上的一顆明珠已給利劍削爲兩半，跌在地下。

雙童同時變色。右童叫了聲：「哥哥！」小嘴扁了，似乎要哭。

阮士中哈哈一笑，突見眼前白影晃動，雙童交叉移位，叮叮數響，周雲陽與熊元獻的兵刃已給削斷。兩人大驚之下，忙躍出圈子，但見雙童手中已各多了一柄精光耀眼的匕首。左童叫道：「咱們要他賠珠。」右手匕首翻處，叮叮兩響，又已將曹雲奇與殷吉手中長劍削斷，原來這匕首竟是砍金切玉的寶刃。曹雲奇後退稍慢，嗤的一聲，左脅爲匕首劃過，腰中革帶連著劍鞘斷爲數截。

右童右手長劍，左手匕首，向阮士中欺身直攻。這時他雙刃在手，劍法大異。阮士中又驚又怒，一時瞧不清他劍路，但覺那匕首刺過來時寒氣迫人，不敢以劍相碰，只得不住退後。右童不理旁人，著著進迫。

左童與兄弟背脊靠著背脊，一人將餘敵盡數接過，讓兄弟與阮士中單打獨鬥，拆了數招，陶百歲的鋼鞭又給削斷一截。劉元鶴、陶子安不敢迫近，只遠遠繞著圈子遊鬥。殷吉、曹雲奇、周雲陽、田青文四人見阮士中遭迫到了屋角，已退無可退，都焦急異常，要待上前救援，但一來三人手中兵刃已斷，二來闖不過左童那一關。

寶樹在旁瞧著雙童劍法，暗暗稱奇，初時見雙童與曹雲奇等相鬥，劍術也只平平，但當敵手漸多，雙童劍上威力竟相應增強。此時亮出匕首，情勢更忽大變。左童長劍連晃，逼得敵對衆人手忙腳亂，轉眼間陶子安與劉元鶴的兵刃又給削斷。與左童相鬥的八人之中，就只田青文一人手中長劍完好無缺，顯然並非她功夫獨到，而是左童感她相贈果子之情，手下容讓。

阮士中背靠牆角，負隅力戰，只見右童長劍逕刺自己前胸，當下應以一招「騰蛟起鳳」。這是一招洗勢。劍訣有云：「高來洗，低來擊，裏來掩，外來抹，中來刺。」這「洗、擊、掩、抹、刺」五字，是各家劍術共通的要訣。阮士中見敵劍高刺，以「洗」字訣相應，原本不錯，那知雙劍相交，突覺手腕一沉，己劍給敵劍直壓下去。阮士中大喜，心想：「你劍術雖精，腕力豈有我強？」便運勁反挑。右童右手劍一縮，左手匕首倏地揮出，噹的一聲，將他長劍削爲兩截。

阮士中大吃一驚，立將半截斷劍迎面擲去。右童低頭閃開，長劍左右疾刺，將他封閉於屋角，出來不得。殷吉、曹雲奇、周雲陽齊聲大叫，暗器紛紛出手。左童竄高躍低，右手連揮，將十多枚毒龍錐盡數接去了。原來他匕首的柄底裝有個小小網兜，專接敵人暗器。

七星手阮士中兵刃雖失，拳腳功夫仍頗了得，他是江湖老手，雖敗不亂，當下以一雙肉掌沉著應敵，只是右童那匕首寒光耀眼，只要給刃尖掃上一下，只怕手掌立時就給割了下來。他最忌憚的還不是對方武功怪異，而是那匕首實在太過鋒利，唯有竭力閃避，不敢出手還招。

右童不住叫道：「賠我的珠兒，賠我的珠兒。」阮士中心中一百二十個願意賠珠，可是一來沒珠可賠，二來這臉上又如何下得來？

寶樹見局勢尷尬，再僵持片刻，倘若那孩童當眞惱了，一匕首就會在阮士中胸膛上刺個透明窟窿。他是自己邀上山來的客人，豈能讓對頭的僮僕欺辱？只是這兩個孩童的武功甚爲奇特，單獨而論，固不及阮士中，只怕連劉元鶴、陶百歲也有不及，但二人一聯手，竟遇強愈強，自己下場插手，一個應付不了，豈非自取其辱？

寶樹沉吟難決，阮士中處境已更爲狼狽。但見他衣衫碎裂，滿臉血污，胸前臂上，給右童長劍割了一條條傷痕。他幾次險些兒要脫口求饒，終於強行忍住。右童只叫：「你賠不賠我珠兒？」那長頸僕人走到寶樹身邊，低聲道：「大師，請你出手打發了兩個小娃娃。」寶樹「嗯」了一聲，心中沉吟未定，忽聽嗤的一聲響，雪峯外一道藍燄衝天而起。那長頸僕人知是主人所約的幫手到了，心中大喜：「這和尚先把話兒說得滿了，事到臨頭卻支支吾吾，幸好又有主人的朋友趕到。」忙奔出門去，放籃迎賓。

邂逅冀北方信世間有英雄
不來遼東大言天下

苗若蘭從內堂出來，問道：「大師，那雪山飛狐要把咱們都困死在這兒？」寶樹沉著臉道：「正是。大夥兒坐上了一條船，得想個法兒下峯。」

三

這長頸漢子是山莊的管家，姓于，本也是江湖上的一把好手，爲人精明幹練。他見竹籃吊到山腰，便探頭下望，要瞧來援的是那一位英雄。初時但見籃中黑黝黝的幾堆東西，似乎並非人形，待吊到臨近，見是幾隻箱籠，另有些花盆、香爐之屬，把吊籃裝得滿滿的沒一點空隙。于管家大奇：「難道是給主人送禮來了？」

下一次吊上來的是三個女人。兩個四十來歲，都是僕婦打扮。另一個十五六歲年紀，圓圓的一雙大眼，左頰上有個酒窩兒，看模樣是個丫鬟。她不等竹籃停好，便即跨出，向于管家望了一眼，笑道：「這位定是于大哥了。你的頭頸長，我聽人說過的。」一口京片子，聲音清脆。于管家生平最不喜別人說他項頸，但見她滿臉笑容，倒也生不出氣，只得笑著點了點頭。

那丫鬟道：「我叫琴兒。她是周奶媽，小姐吃她奶長大的。這位是韓嬸子，小姐就愛吃她燒的菜。你快放吊籃下去接小姐上來。」于管家待要詢問是誰家小姐，琴兒卻咭咯咯咯的說個不停，一面在籃中搬出鳥籠、狸貓、鸚鵡架、蘭花瓶等許許多多又古怪又瑣碎的物事，手中忙著，嘴裏也不閒著，說道：「這山峯眞高，唉，山頂上沒甚麼花兒草兒，我想小姐一定不喜歡。于大哥，你整天在這裏住，不氣悶嗎？」

于管家眉頭一皺，心道：「主人正要全力應付強敵，卻從那裏鑽出這門子囉唆個沒完沒了的人家來？」問道：「你家貴姓？是我們親戚麼？」

琴兒說道：「你猜猜看，怎麼我一見就知你是于大哥，你卻連我家小姐姓甚麼也不知道呢？我若不說我叫琴兒，擔保你猜上一千年，也猜不到我叫甚麼。啊，別亂跑，小心小姐生氣。」于管家一呆，卻見她俯身抱起一隻小貓，原來她最後幾句話是跟貓兒說的。

于管家幫她取出吊籃中的物事。琴兒說道：「啊唷，你別弄亂了！這箱子裏全是小姐的書，這樣倒過來，書就亂啦。唉，唉，不行。這蘭花聞不得男人氣。小姐說蘭花最是清雅，男人家走近去，它當晚就要謝了。」

于管家忙將手中捧著的一小盆蘭花放下，猛聽得背後一人吟道：「欲取鳴琴彈，恨無知音賞。」聲音怪異。

他嚇了一跳，急忙回頭，雙掌橫胸，微微擺了迎敵的架式，卻見吟詩的是架上那頭白鸚鵡。他又好氣又好笑，命人放吊籃接小姐上來。那奶媽卻說要先開箱子，取塊皮裘在籃中墊好，免得小姐嫌籃底硬了，坐得不舒服。她慢吞吞的取鑰匙，開箱子，又跟韓嬸子商量該墊銀狐的還是水貂的。于管家再也忍耐不住，又掛念廳上激鬥情勢，不知阮士中性命如何，向一名僕人囑咐好好招呼小姐，便即快步進廳。

他出外迎賓，去了好一陣子，廳上相鬥的情勢卻沒多大變動。阮士中仍給右童迫在屋角之中，只情形更爲狼狽，左腳鞋子跌落，頭上本來盤著的辮子也給割去了半截，頭髮散開。曹雲奇、殷吉、周雲陽等已從莊上傭僕處借得兵刃，數次猛撲上前救援，始終給左童攔住，反與阮士中越離越遠。

劉元鶴等本想乘機劫奪鐵盒，但在左童的匕首上吃了虧，只得退在後面。各人心中卻兀自不服氣，眼見雙童手上招數實在並不怎麼出奇，內力修爲更頗爲有限，只不過仗著兩把鋒利絕倫的匕首，一套攻守呼應的劍法，竟將一羣江湖豪士制得縛手縛腳。

于管家看了一會，心想：「主人出門之時，把莊上的事都交了給我，現下賓客在莊上如此受人欺辱，主人顏面何存？我拚死也要救了這姓阮的。」奔到自己房中取了當年在江湖上所用的紫金刀，轉回大廳，再看了看雙童的招式，叫道：「兩位小兄弟再不住手，我們玉筆山莊可要無禮了。」右童叫道：「主人差我們來下書，又沒叫我們跟人打架。他只要賠了我的珠兒，我們馬上就饒他了。」說著踏上一步，嗤的一劍，阮士中左肩又給劃破了道口子。

于管家正要接話，只聽背後一個女子聲音說道：「啊喲，別打架！別打架！我就最不愛人家動刀動槍的。」這幾句話聲音不響，可是嬌柔無倫，聽在耳裏，人人覺得眞是說不出的舒服，不由自主的都回過頭去。

只見一個黃衣少女笑吟吟的站在門口，膚光勝雪，雙目猶似一泓淸水，在各人臉上轉了幾轉。這少女容貌秀麗之極，當眞如明珠生暈、美玉瑩光，眉目間隱然有一股書卷的淸氣。廳上這些人都是浪跡江湖的武林豪客，斗然間與這樣一個文秀少女相遇，宛似窮漢忽然走進大富大貴的人家，不自禁爲她淸雅高華的氣派所懾，自慚形穢，隱感不安。

兩個童兒卻對那少女毫不理會，乘著殷吉等人一怔之間，叮叮噹噹一陣響，又將他們手中兵刃逐一削斷。

那少女道：「兩個小兄弟別胡鬧啦，把人家身上傷成這個樣子，可有多難看。」右童道：「他不肯賠我的珠兒。」那少女道：「甚麼珠兒？」右童劍尖指住阮士中胸膛，俯身拾起半邊明珠，哭喪著臉道：「你瞧，是他弄壞的，我要他賠。」那少女走近身去，接過一看，道：「啊，這珠兒當眞好，我也賠不起。這樣吧，琴兒，」回頭對身後小丫鬟道：「取我那對玉馬兒來，給了這兩個小兄弟。」琴兒心中不願，說道：「小姐。」那少女笑道：「偏你就有這麼小氣。你瞧兩個小兄弟多俊，佩了玉馬，可讓玉馬也更加好看了。」

兩童對望一眼，只見琴兒打開一隻描金箱子，取出一對錦囊交給少女。那少女解開一隻錦囊，拿出一隻小小玉馬，馬口裏有絲縧爲轡。那少女給右童掛在腰帶上，又把另一隻錦囊中所裝的玉馬遞給了左童。左童請安道謝，接在手裏，只見那玉馬晶光瑩潔，刻工精致異常，馬作奔躍之狀，形體雖小，卻貌相神駿，的非凡品。他一見之下，便十分喜歡，只不明那少女來歷，心下一時未決，不知是否該當受此重禮。右童又在牆畔撿起另一半邊珠兒，說道：「我這顆是夜明寶珠，和哥哥的是一對兒。就算有玉馬，總不齊全啦！」說著十分懊惱。

那少女一見兩人相貌打扮，已知這對雙生兄弟相親相愛，毀了明珠事小，不痛快的是在將兩人飾物弄成異樣，配不成對，便拿起一隻玉馬，將兩個半邊明珠放在玉馬雙眼之上，說道：「我有一個主意，將半邊珠兒嵌在玉馬眼上。珠子既能夜明，玉馬晚上兩眼放光，豈不好看？」左童大喜，從辮兒上摘下珠子，伸匕首剖成兩半，說道：「兄弟，咱倆的珠兒和玉馬都一模一樣啦。」右童回嗔作喜，向少女連連道謝，又向阮士中請了個安，道：「行啦，你老別生氣。」阮士中滿身血污，惱怒異常，卻又不敢出聲詈罵。

右童拉著左童的手，便要走出。左童向那少女道：「多謝姑娘厚賜。請問姑娘尊姓，主人問起，好有對答。」那少女道：「你家主人是誰？」左童道：「家主姓胡。」

那少女一聽，登時臉上變色，道：「原來你們是雪山飛狐的家僮。」兩童一齊躬身道：「正是！」那少女緩緩說道：「我姓苗。你家主人問起，就說這對玉馬是金面佛苗爺的女兒給的！」

此言一出，羣豪無不動容。金面佛威名赫赫，萬想不到他的女兒竟是這樣一個嬌柔靦覥的姑娘。瞧她神氣，若非侯門巨室的小姐，便是世代書香人家的閨女，那裏像是江湖大俠之女。雙童對望一眼，齊把玉馬放在几上，向苗小姐行了一禮，齊聲道：「多謝了！不過我們不敢領受，請您原諒。」轉身出廳。

那少女微微一笑，也不言語。琴兒歡天喜地的收起玉馬，說道：「小姐，這兩個孩兒不識好歹，小姐賞賜這樣好的東西，他們都不要，要是我啊……」那少女笑道：「別多說啦，也不怕人家笑咱們寒蠢。」

寶樹大師越衆而前，朗聲說道：「原來姑娘是苗大俠的千金，令尊可好？」那少女道：「多謝。家嚴託福安康。請問大師上下？」寶樹微笑道：「老衲寶樹。姑娘芳名是甚麼？」

那少女名叫苗若蘭，聽了這話臉上微微一紅，心道：「我的名字，怎胡亂跟人說得的？」不答問話，說道：「各位請寬坐，晚輩要進內堂拜見伯母。」說著向羣豪歛衽行禮。

衆人震於她父親名頭，都恭恭敬敬的還禮，均想：「這位姑娘沒半點仗勢欺人的驕態，當眞難得。」苗若蘭待衆人都坐下了，又告罪一遍，這才入內。只見大門外進來七八名家丁僕婦，抬著鋪蓋箱籠等物，看來都是跟來服侍苗小姐的。陶百歲、陶子安父子對望一眼，都想：「如我父子在道上遇到這一批人，定當作是官宦豪富的眷屬，勢必動手行劫，這亂子可就闖得大了。」

阮士中伸袖拭抹身上血污，幸好右童並非眞欲傷他，每道傷口都只淺淺的劃破皮肉，並無大礙。田青文走近相助，取出金創藥給他止血。阮士中解開衣襟，讓她裹傷，忽然噹啷一響，鐵盒落地。羣豪不約而同的一齊躍起，伸手都來搶奪。

阮士中站得最近，左手劃了個圈子，擋開衆人，立即俯身拾盒，手指剛觸到盒面，突覺一股大力在肩頭猛撞，身不由主的跌開數步，待得拿樁站定，抬起頭來，只見鐵盒已捧在寶樹手中。羣豪都怕他本領了得，只眼睜睜的瞧著他，沒人敢開口說話。

隔了片刻，曹雲奇道：「大師，對不起啦！這隻鐵盒是先師遺物，不能落入外人之手，請你還來。」寶樹笑道：「你說這是尊師遺物，那麼盒中藏了甚麼東西，鐵盒是何來歷，你只須說得明白，就拿去罷！」說著雙手托了鐵盒，向前伸出。

曹雲奇滿臉通紅，雙手伸出了一半，不敢去接，又不好意思縮回，停在空中，慢慢垂下。原來他只見師父對鐵盒十分珍視，守藏嚴密，卻從未見他打開過盒蓋，別說盒中之物來歷，連是甚麼物事也不知道。阮士中、殷吉雖是天龍門前輩高手，也均面面相覷，說不出個所以。周雲陽忽道：「我們自然知道，盒裏放的是本門的鎮門寶刀。」

他在天龍門中論武功只是二流腳色，素來不得師父寵愛，爲人又非幹練，突然說出這句話來，阮士中和曹雲奇都想：「胡說八道！誰說咱們的鎮門寶刀是放在這鐵盒子裏的？」他們每次見到鎮門寶刀，都是從一隻舊木盒中取出來，向來跟這鐵盒拉扯不上干係。那知寶樹卻道：「不錯，便是那口寶刀。你可知這口刀原來是誰的？怎麼會放在這鐵盒之中？」

阮士中等不料周雲陽居然一語中的，無不詫異，一齊注目，等他再說。卻見他青白色的臉上紅了一紅，隨即又轉青色，悻悻的道：「這是我天龍門祖傳下來的寶刀。幾百年來就一直放在這鐵盒裏。」

寶樹搖頭道：「不對，不對！我料你們也不會知道。」周雲陽道：「難道你就知道了？」寶樹道：「二十年前，我就知道。雪山飛狐與此間莊主的爭端，也就由此而起。中間若不是有這些瓜葛，老衲又何必邀各位上山？」

天龍羣豪、陶氏父子、劉熊師兄弟等都吃了一驚，心想：「這老和尚果然不懷好意，原來也想劫奪鐵盒。他引我們上峯，顯是要把我們一網打盡，不但奪到鐵盒，還要斬草除根，不留後患。我們今日身陷絕地，那可有死無生了。」衆人想到此處，只聽唰的一聲，一人亮出了兵刃，接著唰唰、叮叮一陣響聲過去，羣豪已各執兵刃，圍住寶樹。阮士中等兵刃給雙童削斷了的，也俯身把斷刀斷劍搶在手裏。

寶樹在人叢中緩緩轉了個圈子，微笑道：「各位要跟老和尚動手麼？」羣豪怒目而視，沒人接口。這時站得近了，人人看得清楚，寶樹雖鬚髮花白，臉有皺紋，但雙目炯炯，年紀其實也不甚大。

劉元鶴退後一步，叫道：「大夥兒齊上，先殺老和尚。咱們自己的事，下了山慢慢商量。」他只覺在山峯上多耽一刻，便多一分危險。羣豪都感在這山莊中坐立不安，劉元鶴的話正合心意。正要一擁而上，忽聽門外砰的一聲巨響，似是砲聲。

衆人愕然相顧。隔了片刻，于管家匆匆從外奔進，臉有驚惶之色，叫道：「各位，大事不妙！」曹雲奇叫道：「雪山飛狐到了麼？」于管家道：「那倒不是。我們上下山峯的長索和絞盤，都讓人家毀了。」衆人嚇了一跳，七張八嘴的問道：「那怎麼會？」「沒第二條索兒了麼？」「有沒別的法兒下去？」于管家道：「峯上就只這條長索，小人一時不察，竟給飛狐手下那兩個小孩兒毀了。」寶樹變色道：「怎麼毀的？」

于管家道：「弟兄們縋了那兩個小鬼頭下峯，都進屋休息，忽聽到爆炸之聲，搶出去看時，見絞盤和長索已炸得粉碎。定是這兩個天殺的小鬼在絞盤中放了炸藥，將藥引通下山峯，點了火燒上來的。」眾人一呆，紛紛搶出門去，果見絞盤炸成了碎片，長索東一段西一段散得滿地。幸好絞盤旁的漢子都已走開，沒人死傷。

殷吉問寶樹道：「大師，飛狐此舉有何用意？」寶樹道：「那有甚麼難猜？他要咱們盡數餓死在這峯上。」殷吉道：「咱們跟他無怨無仇。」寶樹道：「他可與此間的主人仇深似海。再說，鐵盒在你們手裏，那就是跟他結上了樑子。」殷吉道：「飛狐也要這鐵盒？」寶樹道：「可不是嗎？」

眾人一想到兩個童兒怪異的武功，心中都是一般的念頭：「童兒已這般了得，正主兒更不用說了。」默默跟著寶樹回進大廳。

只見苗若蘭已從內堂出來，問道：「大師，那雪山飛狐要把咱們都困死在這兒？」寶樹沉著臉道：「正是。大夥兒坐上了一條船，得想個法兒下峯。」苗若蘭道：「那倒不用躭心，我爹爹日內就會上來，自能救咱們下去。」眾人一想，金面佛苗人鳳的女兒在此，他豈能袖手不顧？不由得頓感寬心。只劉元鶴心知不對，卻也不便明言。

寶樹道：「苗大俠雖武功蓋世，但這雪峯高逾百丈，一時之間怎能上來？」苗若蘭道：「既有人能上來建了莊子，我爹爹怎會上不來？」寶樹道：「夏天峯上冰融雪消，有陡峭的道路可攀援行走，上來雖然不容易，總還可以上下。這時候正當嚴寒，要待雪消，少說也得三個月。管家，這山上貯備了幾個月糧食？」于管家道：「下山採購糧食的管家預計後日方回。此間所貯糧食本來還可用得二十多天，現下添了各位賓客與苗小姐帶來的僕婦使女，算來只十日之糧了。」

眾人臉上變色，默然不語，心中都在咒罵雪山飛狐歹毒。

曹雲奇忽道：「咱們慢慢從山峯上溜下去……」只說了半句話，便知不妥，忙即住口。這山峯陡峭無比，只怕溜不到兩三丈，立時便摔下去了。旁人一齊瞧著他，均想：「這人草包之極。」曹雲奇見了各人眼色，不由得脹紅了臉。

苗若蘭道：「假如大家終於不免餓死，也得知道個緣由。大師，到底雪山飛狐跟咱們有甚麼仇怨？他有甚麼本事，叫此間主人這生忌憚？這鐵盒又有甚麼干係？」

這一問代眾人說出了心頭的言語。羣豪捨命爭奪鐵盒，有人還因此喪生，可是除了知道盒中藏有重寶之外，沒一個說得出原委，當下一齊望著寶樹，盼他解釋。

寶樹道：「好，事已至此，急也無用。大家開誠布公說個明白，齊心合力，也許能想得出下山的法子。但如自相火併殘殺，只有死得更快，正好中了飛狐的奸計。」羣豪轟然稱是，團團坐下。

此時山上寒氣漸增，于管家命人在爐中加柴添火。各人靜聽寶樹說話。

寶樹端起蓋碗，喝了一口茶，先讚聲：「好茶！」這才說道：「此事當眞說來話長。咱們先看看盒中的寶刀可好？」眾人齊聲叫好。寶樹將鐵盒遞給曹雲奇，說道：「閣下是天龍北宗掌門，請打開給大家瞧瞧。」

曹雲奇想起陶子安曾從盒中射出短箭，傷人性命，只怕盒內更藏有甚麼暗器，雙手將盒子接過，卻不敢去揭盒蓋。寶樹笑嘻嘻的瞧著他，一語不發。

眾人見盒上生滿了鐵鏽，斑斕駁雜，腐蝕得凹凹凸凸，顯是百年以上的古物，卻也不見有何異處。

曹雲奇心想：「我若不敢動手開盒，豈不教陶子安這賊小覷了。」一咬牙，伸右手去揭盒蓋。那知一揭之下，盒蓋紋絲不動，凝目察看，盒上並無鎖孔鈕絆，不知何以竟揭它不開，當下雙手加勁，那鐵盒宛似用一塊整鐵鑄成，全無動靜。

田青文見他脹得滿臉通紅，知盒中必有機括，如此蠻開硬揭非但無用，只怕反而受傷，低聲道：「周師哥，你來開吧。」周雲陽神色遲疑，道：「我……我不知……」田青文從曹雲奇手中接過鐵盒，放在周雲陽手中，柔聲道：「我知你會的。」周雲陽向她瞪了一眼，將鐵盒放在桌上，伸手摸著盒蓋，不向上揭，卻在四角挨次撳了三撳，然後伸拇指在盒底正中向上一按，啪的一聲，盒蓋彈開。

阮士中與曹雲奇同時向他橫了一眼，心中嘀咕：「你怎麼會開啓此盒？」立即轉頭望盒，只見盒中果有一柄短刀，套在鞘中。曹雲奇「哦」的一聲。這口寶刀，他當年曾見師父使過，曾削斷過不少英雄豪傑的兵刃。

寶樹拿起短刀，指著刀鞘上刻著的兩行字道：「衆位請看。」只見那刀鞘是牛皮所製，邊鑲銅鐵，生滿銅綠鐵鏽，只平平無奇的一把舊刀，鞘身上刻著兩行黑字：

殺一人如殺我父

淫一人如淫我母

這十四個字極爲平易淺白，卻自有一股豪意俠氣，躍然而出。

寶樹道：「各位可知這十四個字的來歷麼？」衆人都道：「不知。」寶樹道：「這是闖王李自成所遺下的軍令。這一柄刀，是李闖王當年指揮百萬大軍、轉戰千里的軍刀之一。」

衆人一聽，一齊離席而起，望著寶樹手中托著的這口短刀，心中將信將疑。此時距李闖王已有一百餘年，可是在草莽羣豪心中，闖王的聲威仍顯赫無比。寶樹道：「各位不信，請看此面。」說著將刀鞘翻了過來。只見這一邊刻著「奉天倡義」四字，字中塡了硃砂。四字之旁，刻著雙龍搶珠的花紋，所搶之珠是塊紅寶石，初瞧之下，也無特異之處。寶樹道：「李闖王當年的稱號，便叫做奉天倡義大元帥。」羣豪這才信服。

寶樹又道：「當年一十三家大豪、二十四家寨主結義起事，羣推高迎祥爲大元帥。

天啟九年高迎祥戰死，李自成繼爲首領，後來稱爲闖王，轉戰十餘年，終於攻破北京，建大順國號。崇禎皇帝迫得吊死煤山。若非漢奸吳三桂賣國，引淸兵入關，這天下就是姓李的了。自古草莽英雄，從未有如闖王這般威風的。」他嘆了一口氣道：「唉，只可惜他剛成大事，轉眼成空。崇禎十七年三月闖王破北京，四月出京迎戰淸兵，月底兵敗西奔。這花花江山從此送進了滿淸韃子的手裏。」

劉元鶴向他瞪了一眼，心道：「這和尚好大膽，竟敢出此大逆不道之言。」寶樹緩緩還刀入盒，說道：「闖王與吳三桂大戰時中箭重傷，從北京退到山西、陝西，淸兵和吳三桂一路追來，又退到河南、湖廣，將士自相殘殺，部屬四散。後來退到武昌府通山縣九宮山，敵兵重重圍困，幾次衝殺不出，終於英雄到了末路。」

苗若蘭望著盒中軍刀，想像闖王當年的英烈雄風，不禁神往，待想到他兵敗身死，又自黯然。

寶樹道：「闖王身邊有四名衛士，個個武藝高強，一直赤膽忠心的保他。這四名衛士一個姓胡，一個姓苗，一個姓范，一個姓田，軍中稱爲胡苗范田。」

殷吉、田青文等一聽到「胡苗范田」四字，已知這四名衛士必與今日之事有重大關連。田青文斜眼望了苗若蘭一眼，只見她拿著一根撥火棒輕輕撥著爐中炭火，兀自出神，她白玉般的臉頰爲火光一映，微現紅暈。

寶樹抬頭望著屋頂，說道：「這四大衛士跟著闖王出死入生，不知經歷過多少艱險，也不知救過闖王多少次性命。闖王自將他們待作心腹。這四人之中，又以那姓胡的武功最強，人最能幹，闖王軍中稱他爲『飛天狐狸』！」衆人聽到這裏，都不禁「哦」的一聲。

寶樹繼續說他的故事：「闖王給圍在九宮山上，危急萬分，眼見派出去求援的使者一到山腳，就給敵軍截住殺死，只得派姓苗、姓范、姓田三名衛士黑夜裏衝出去求救。姓胡的留下保護闖王。不料等到苗范田三名衛士領得援軍前來救駕，闖王卻已遭害身死了。

「三名衛士大哭一場，那姓范的當場就要自刎殉主。但另外兩名衛士說道，該當先報這血海深仇。三人在九宮山四下裏打聽闖王殉難的詳情，那姓胡的衛士似乎尚在人間。三人心想此人武藝蓋世，足智多謀，若得有他主持，闖王大仇可報。當下分頭探訪他的下落。

「武林中故老相傳，只因這番找尋，生出一場軒然大波來。苗范田三人日後將當時情景，都詳詳細細說給了自己的兒子知道，並立下家規，每一代都須將這番話傳給後嗣，好教苗范田三家子孫，世世代代不忘此事。」

寶樹說到這裏，眼望苗若蘭，說道：「老和尚是外人，只知道個大概。苗姑娘若肯給我們說說，定然淸楚明白得多。」衆人心中均想：「原來苗人鳳父女便是這姓苗衛士的後代。」

苗若蘭眼望火盆，說道：「在我七歲那一年，有一晚見爹爹磨洗長劍。我說我怕刀劍，要爹爹收起了別玩。爹說這柄劍還得殺一個人，才能收起永遠不用。我摟住他頭頸，求他不要殺人，他就跟我說了一個故事。

「他說許多許多年以前，老百姓都窮得沒飯吃、沒衣穿，大家只好吃樹皮草根。後來連樹皮草根也吃完了，只好吃泥巴，很多人都餓死了。做媽媽的沒飯吃，生不出奶，許多小孩子也都在媽媽懷裏餓死了。可是官府還是要向老百姓徵糧，財主還是要向窮人迫租催債。老百姓交不出，又有許多人給官府殺了，給財主捉去關起來。爹爹教我唱了一個歌兒，說是那時候一位文武雙全的公子作的。要不要我唸出來啊？」

眾人齊聲道：「請姑娘唸。」寶樹聽她說「文武雙全的公子」七字，知道必是李自成手下的大將李岩，只聽她唸道：

「年來蝗旱苦頻仍，嚼嚙禾苗歲不登。米價升騰增數倍，黎民處處不聊生。草根木葉權充腹，兒女呱呱相向哭。釜甑塵飛爨絕煙，數日難求一餐粥。官府徵糧縱虎差，豪家索債如狼豺。可憐殘喘存呼吸，魂魄先歸泉壤埋。骷髏遍地積如山，業重難過飢餓關。能不教人數行淚？淚灑還成點血斑。」

此時正當乾隆中葉，雖稱太平盛世，可是每年水災旱災，不少地方老百姓日子也不好過。衆人聽她一字一句，唸得字正腔圓，聲音中充滿了悽楚之情，想起在江湖上的所見所聞，都不禁聳然動容。

苗若蘭道：「我爹爹說，到後來老百姓實在再也捱不下去了，終於有一位大英雄出來，領著他們打到北京。但可惜這位英雄做了皇帝之後，處事不當，也沒善待百姓，手下有些將軍不守規矩，反而去害苦百姓，搶百姓的妻子兒女和衣物東西，於是老百姓又不服那英雄了。他以爲老百姓的心都向著那位做歌兒的公子，便將那公子殺了。這樣一來，他手下的人都亂了起來。這位大英雄沒多久就給奸人害死。」說到這裏，長長嘆了口氣，過了一會，才道：「他手下的三名衛士去找尋另一個衛士，要他出個主意，給這位大英雄報仇。

「這時候異族人來做了皇帝，到處捉拿那位大英雄的朋友。這三個衛士沒法安身，只得喬裝改扮。一個扮成賣藥的江湖郎中，一個扮成叫化子，另一個力氣最大，就扮成了腳夫。他們和那第四個衛士是結義兄弟，數十年來同甘共苦，眞比親兄弟還要好。他們時時刻刻想念他。可是找了七八年，竟沒半點音訊，想來他定是在保護那位大英雄的時候戰死了，三個人都十分傷心。」

衆人聽她說話的語氣聲調，就像是給小孩子講故事一般，料是學著當年父親的口吻，均想：金面佛外號中雖有個「佛」字，聽說他為人嫉惡如仇，出手狠辣，可是對女兒卻這般溫柔慈愛。只聽她繼續講下去：「再過幾年，他們決定不再尋訪這位義兄了。三人一商量，都說害死大英雄的那個漢奸現今封了王，在雲南享福，決意去刺死他，好為大英雄和義兄報仇。於是三個人動身去雲南。」

劉元鶴、熊元獻師兄弟對望了一眼，心知她所說的漢奸，就是爵封平西親王的吳三桂。

苗若蘭又道：「三人到了昆明，在大漢奸的居所前後探訪明白。三月初五那天晚上，三人帶了兵刃暗器，越牆進去。那大漢奸防備得十分周密，三個人剛進去，就給衛士發覺了。那三人武藝高強，一動上手，二十多個衛士或死或傷，阻擋不住，讓他們衝進了臥室。眼見那大漢奸逃走不了，那知旁邊突然閃出一人，擋在大漢奸面前。三人一看，不禁大吃一驚，原來這人就是他們尋訪了多年的義兄。這人武功比他們高，保護著大漢奸，不許三人殺他。三個人又驚又怒，和他動起手來。不久外面又擁進數十名衛士，三人寡不敵眾，只得逃走。腳夫公公卻失手遭擒。

「大漢奸親自審問。腳夫公公破口大罵，罵他將漢人江山送給了韃子。大漢奸打折了他雙腿，關在牢裏。那個義兄大概想想不好意思，偷偷到牢中放了他出去。腳夫公公與郎中公公、化子公公會面後，三人抱頭痛哭，真想不到結義兄長竟會變節投敵。三人暗中再一打聽，竟查出一件更加叫人痛恨萬分的事來，原來當日三人從九宮山衝出去求救，那義兄等了幾天不見援兵，竟親手將大英雄害死，向敵人投降。滿清皇帝封了他一個大官，眼下已在那大漢奸手下做到提督。」

衆人聽到這裏，臉上一齊變色。他們都曾聽說闖王是在九宮山爲人所害，有的說是老百姓殺的，有的說是官軍殺的，卻不知兇手竟是他的心腹衛士。

苗若蘭嘆了一口氣，說道：「三人訪查確實，決意去跟他算帳。只三人本就難以勝他，現下腳夫公公受了傷，更加不是敵手。正在躊躇，忽然那義兄派人送來一封信，約三人三月十五晚間在滇池飲酒。

「三人知他必有詭計，但想他對三人的住處動靜知道得清清楚楚，在此處他大權在握，要避也避不了。事已至此，就算龍潭虎穴，也只好去闖。到了那日，三人身上暗帶兵刃，到滇池邊赴約。只見他早在那裏等候，孤身一人，並沒帶親隨衛兵，穿的也是一身粗布青衣，就和當年四人同在軍中時所穿的一樣。四人在小酒店裏買了些熟肉、燒鷄、饅頭，打了十幾斤白酒，上船到滇池中賞月飲食。

「四人一面喝酒，一面說些從前同在軍中的豪事勝概。那三人見他絕口不提那位大英雄的名字，也就忍著不說。但見他一大碗一大碗的喝酒，眼見月至中天，他仰天叫道：『三位兄弟，咱們多經患難，死去活來，終於得能久別重逢，我今日好歡喜啊！』」

這樣一句豪氣奔放的話，從一個溫柔文雅的少女口中說出來，頗爲不倫不類，可是衆人爲故事中外弛內張的情勢所懾，皆未在意。

只聽她又道：「那位扮成郎中的公公再也忍耐不住，冷笑道：『你做了大官，身享榮華富貴，自然歡喜。只不知大王現下心中如何？』那位大英雄後來做了皇帝，不過四個衛士一直叫他作大王。

「那義兄嘆了口氣道：『唉，大王定然寂寞得緊。待此間大事一了，我就指點三位兄弟去拜見大王。』

「三人一聽，個個怒氣衝天，心道：『好哇，你還想殺我們三人，叫我們去陰曹地府和大王相會。』腳夫公公伸手入懷，就要去摸刀子。郎中公公向他使個眼色，提起酒壺向義兄斟了杯酒，說道：『那日九宮山頭別後，大王到底怎樣了？』那義兄雙眉一揚，說道：『今日約三位兄弟來，就是要說這回事。』叫化公公忽然伸手向他背後一指，叫道：『咦，是誰來了？』

「那義兄轉頭去看，叫化公公與郎中公公雙刀齊出，一刀砍斷了他的右臂，一刀斬在他背心，深入數寸。那義兄大叫一聲，回過頭來，左臂連伸，已將兩人刀子奪下，抛入了滇池，手掌一探，已抓住了郎中公公的胸口穴道，臉色蒼白，喝道：『咱四人義結金蘭，幹麼……幹麼施暗算傷我？』郎中公公給他這一抓，登時動彈不得。腳夫公公挺刀叫道：『你害死大王，賣主求榮，還有臉提到義氣兩字？』

「那義兄飛起一腳，將他手中刀子踢去，大笑道：『好，好！有義氣，有義氣。』三人見他一臂被斬，身受重傷，竟仍如此神勇，不禁都驚得呆了。那義兄笑聲甫畢，忽然流下淚來，說道：『可惜，可惜我大事不成！』隨即放鬆了郎中公公。叫化公公怕他再施毒手，猛出一拳，正中他胸膛。這一拳使的是重手法，力道驚人，那義兄『哇』的一聲，噴出一口鮮血，忽地提起左掌，擊在船舷之上，只擊得木屑紛飛，船舷缺了一塊。他苦笑道：『我雖受重傷，要殺你們，仍易如反掌。但你們是我好兄弟，我怎捨得啊！』

「那三人一齊退在船梢，並肩而立，防他暴起傷人。那義兄嘆道：『今日之事，千萬不可洩漏。倘若給我兒子知道了，你們三個不是他對手。我當自刎而死，以免你們負個戕害義兄的惡名。』說著抽出單刀，在頸中一割，俯跌下去。腳夫公公心中不忍，搶上去扶住，叫道：『大哥！』那義兄道：『好兄弟，做哥哥的去了。大王的軍刀大有干係，他……老人家是在石門峽……』這句話沒說完，咽喉流血，死在船中。

「三人望著他的屍身，又難過，又痛快，只見他用來自刎的那柄刀上刻著十四個字，認得就是那位大英雄的軍刀。」

眾人聽到此處，眼光一齊轉過去望著寶樹手中的那柄短刀。劉元鶴忽然搖頭道：

「我不信。」陶百歲怒喝：「你知道甚麼？」劉元鶴道：「那李自成流血千里，殺人如麻，怎會下這十四字軍令？」衆人一怔，不知所對。

于管家忽然接口道：「闖王殺人如麻，是誰見來？」劉元鶴道：「人人都這般說，難道是假的？」于管家道：「你們居官之人，自然說他胡亂殺人。其實闖王殺的只是貪官污吏、土豪劣紳。這些本就算不得是人。『殺一人如殺我父』之令，是不許部屬妄殺一個好人，這話一點兒也不錯。」

劉元鶴欲待再辯，但見他英氣逼人，頓然住口不說。熊元獻意欲打開僵局，道：「苗姑娘，後來怎樣？請你說下去。」

苗若蘭道：「腳夫公公說道：『他說大王在石門峽，那是甚麼意思？』郎中公公道：『難道他說大王葬在石門峽？』叫化公公搖頭道：『這人奸惡之極，臨死還要騙人。』原來大英雄死後，漢奸將他的遺體送到北京去領賞。皇帝將大英雄的首級掛在城門上號令示衆。三名衛士冒了奇險，將首級盜來，早已葬在一個險峻萬分、人跡不到的所在。那義兄說他在石門峽，三人自然不信。

「三人殺了義兄後，又去行刺那大漢奸，但大漢奸防範周密，數次行刺都不成功，而他們大義殺兄的事，卻在江湖上傳開來了。武林中的英雄好漢聽到，都翹起大拇指，讚一聲：『殺得好！』消息傳到了那義兄家鄉，他兒子十分悲傷，就趕到昆明來爲父親報仇。」

陶百歲接口道：「那做兒子的這就不是了。雖然說父仇不共戴天，但他父親做了奸惡之事，人人得而誅之，這仇不報也罷。」

苗若蘭道：「我爹當時也這樣說，可是那兒子的想法卻大大不同。他到了昆明，不久就在一座破廟之中找到三人，動起手來。這兒子武功得到父親眞傳，那三人果眞不是對手，鬥了不到半個時辰，三人爲他一一打倒。

「那兒子道：『三位叔叔，我爹爹忍恥負辱，甘願負一個賣主求榮的惡名，你們怎懂得其中深義？瞧著你們和我爹爹結義一場，今日饒了你們性命。快快回家去料理後事，明年三月十五是我爹爹死忌，我當來登門拜訪。』他說了這番話後，奪了那大英雄的軍刀，揚長而去。

「這時已是隆冬，那三人當即北上，將三家家屬聚在一起，詳詳細細的將當日舟中喋血之事說了。大家都道：『他害死大英雄，保護大漢奸，自己又做滿淸皇帝手下大官，還能有甚麼深意？他兒子強辭狡辯，說出話來沒人能信。』江湖朋友得到訊息，紛紛趕來仗義相助。

「到了三月十五那天晚上，那兒子果然孤身趕到。」

衆人眼望苗若蘭，等她繼續述說，卻見小丫頭琴兒走將過來，手裏捧了一個套著錦緞套子的白銅小火爐，放在她懷裏。

苗若蘭低聲道：「去點一盤香。」琴兒答應了，不一會捧來一個白玉香爐，放在她身旁几上。只見一縷青煙，從香爐頂上彫著的鳳凰嘴中裊裊吐出，衆人隨即聞到淡淡幽香，似蘭非蘭，似麝非麝，聞著甚是舒泰。

苗若蘭道：「我獨自個在房，點這素馨。這裏人多，怎麼又點這個？」琴兒笑道：「我當眞胡塗啦。」捧起香爐，去換了一盤香出來。苗若蘭道：「這裏風從北來，北邊雖沒窗，但山頂風大，總有些風兒漏進來。你瞧這香爐放對了麼？」琴兒一笑，將小几端到西北角放下，又給小姐泡了一碗茶，這才走開。

衆人都想：「金面佛苗人鳳身爲一代大俠，卻把個女兒嬌縱成這般模樣。」只見她慢慢拿起蓋碗，揭開蓋子，瞧了瞧碗中的茶葉與玫瑰花，輕輕啜了一口，緩緩放下，衆人只道她要說故事了，那知道她卻說：「我有些兒頭痛，要進去休息一會。諸位伯伯叔叔請寬座。」說著站起身來，入內去了。

衆人相顧啞然。曹雲奇第一個忍耐不住，正要發作，田青文向他使個眼色。曹雲奇話到口邊，又嚥了下去。苗若蘭進去不久，隨即出來，只見她換了一件淡綠皮襖，一條鵝黃色百摺裙，臉上洗去了初上山時的脂粉，更顯得淡雅宜人，風致天然。原來她並非當眞頭痛，卻是去換衣洗臉。琴兒跟隨在後，拿了一個銀狐墊子放在椅上。苗若蘭慢慢坐下，這才緩緩說道：「這天晚上，郎中公公家裏大開筵席，請了一百多位江湖上成名的英雄豪傑，靜候那義兄的兒子到來。等到初更時分，只聽得托的一聲響，筵席前已多了一人。廳上好手甚多，卻沒一個瞧清楚他是怎麼進來的。只見他約莫二十歲上下年紀，身穿粗布麻衣，頭戴白帽，手裏拿著一根哭喪棒，背上斜插單刀。他不理旁人，逕向郎中、叫化、腳夫三個公公說道：『三位叔父，請借個僻靜處所說話。』

「三位公公尚未答話，崑崙派的一位前輩英雄叫道：『男子漢大丈夫，有話要說便說，何須鬼鬼祟祟？你父賣主求榮，我瞧你也非善類，定是欲施奸計。三位大哥，莫上了這小賊的當。』只聽得啪啪啪、啪啪啪六聲響，那人臉上吃了六記耳光，哇的一聲，口吐鮮血，數十枚牙齒都撒在地下。對方出手太快，他全無抵禦之能，閃避也自不及。

「席上羣豪一齊站起，驚愕之下，大廳中百餘人竟爾悄無聲息，均想：此人身法怎地如此快法？那崑崙派的名宿受此重創，嚇得話也說不出口。那兒子縱上前去打人時羣豪並未看清，退回原處時仍一晃即回，這一瞬之間倏忽來去，竟似並未移動過身子。那三位公公與他父親數十年同食共宿，知道這是他家傳的『飛天神行』輕功絕技，只是他青出於藍，似乎猶勝乃父。那兒子道：『三位叔叔，倘若我要相害，在昆明古廟之中何必放手？現下我有幾句要緊話說，旁人聽了甚是不便。』

「三人一想不錯。那郎中公公當下領他走進內堂一間小房。大廳上百餘位英雄好漢停杯相顧，側耳傾聽內堂動靜。

「約莫過了一頓飯功夫，四人相偕出來。郎中公公向羣雄作了個四方揖，說道：『多謝各位光臨，足見江湖義氣。』羣雄正要還禮，卻見他橫刀在頸中一劃，登時自刎而死。羣雄大驚，待要搶上去救援，卻見叫化公公與腳夫公公搶過刀來，先後自刎。這個奇變來得突然之極，羣雄中雖有不少高手，卻沒一個來得及阻攔。

「那義兒的兒子跪下來向三具屍體拜了幾拜，拾起三人用以自刎的短刀，一躍上屋。羣雄大叫：『莫走了奸賊！』紛紛上屋追趕，那人早不見了蹤影。

「三位公公的子女抱著父親的屍身，放聲大哭。羣雄探詢三人家屬奴僕，竟沒一個得知這四人在密室中說些甚麼，更不知那兒子施了甚麼奸計，逼得三人當衆自殺。羣雄見三位英雄屍橫當地，個個氣憤塡膺，立誓要爲三人報仇。

「只是那兒子從此銷聲匿跡，不知躲到了何處。三位公公的子女由羣雄撫養成人。羣雄憐他們的父親仗義報主，卻落得慘遭橫禍，無不用心撫育教導。三家子女本已從父親學過家傳武功，有了根基，再得明師指點，到後來融會貫通，各自卓然成家。」她說到這裏，輕輕嘆了口氣，喟然道：「他們武功越強，報仇之心愈切。練了武功到底對人是禍是福，我可實在想不明白。」

寶樹見她望著爐火怔怔出神，衆人卻急欲聽下文，於是接口道：「苗姑娘這故事說得十分動聽。她雖不提名道姓，各位自然也都知道，故事中的義兄，是闖王第一衛士姓胡的飛天狐狸，那腳夫公公姓苗，化子公公姓范，郎中公公姓田。三家後人學得絕技後各樹一幟，苗家武功稱為苗家劍，姓范的成為興漢丐幫中的頭腦，姓田的到後來建立了天龍門。」

阮士中、殷吉雖是天龍門前輩，但本門的來歷卻到此刻方知，不由得暗自慚愧。

寶樹又道：「這苗范田三家後代，二十餘年後終於找到了那姓胡的兒子。那時他正身患重病，當被三家逼得自殺。從此四家後人輾轉報復，百餘年來，沒一家的子孫能得善終。我自己就親眼見過這四家後人一場驚心動魄的惡鬥。」

苗若蘭抬起頭來，望著寶樹道：「大師，這故事我知道，你別說了。」寶樹道：「這些朋友們卻不知道，你說給大夥兒聽吧。」苗若蘭搖頭道：「那一年爹爹跟我說了這四位公公的故事之後，接著又說了一個故事。他說為了這件事，他迫得還要殺一個人，須得磨利那柄劍。只是這故事太悲慘了，我一想起心裏就難受，眞願我從來沒聽爹說過。」她沉默了半晌，道：「那是在我出世之前的十年的事。不知那個可憐的孩子怎樣了，我眞盼望他好好活著。」

眾人面面相覷，不知她所說的「可憐孩子」是甚麼人，又怎與眼前之事有關？眾人望望苗若蘭，又望望寶樹，靜待兩人之中有誰來解開這疑團。

站在一旁侍候茶水的一個僕人忽然說道：「小姐，你好心有好報。想來那個可憐的孩子一定好好活著。」他話聲嘶啞。衆人一齊轉頭，只見他白髮蕭索，已過中年，缺了一條右臂，用左手托著茶盤，一條粗大的刀疤從右眉起斜過鼻子，一直延到左邊嘴角。衆人心想：「此人受此重傷，居然還能挨了下來，實是不易。」

苗若蘭嘆道：「我聽了爹爹講的故事之後，常常暗中祝告，求老天爺保佑這孩子長大成人。只是我盼望他不要學武，要像我這樣，一點武藝也不會才好。」

衆人一怔，都感奇怪：「瞧她這副文雅秀氣的樣兒，自是不會武藝，但她是『打遍天下無敵手』金面佛苗大俠的愛女，難道她父親竟不傳授一兩手絕技給她？」

苗若蘭眼見衆人臉色，已知大家心意，說道：「我爹說道，百餘年來，胡苗范田四家子孫怨怨相報，沒一代能得善終。任他武藝如何高強，一生不是忙著去殺人報仇，就是防人前來報仇。一年之中，難得有幾個月安樂飯吃，就算活到了七八十歲高齡，仍不免給仇家殺了。練了武功非但不能防身，反足以致禍。因此我爹立下一條家訓，自他以後，苗門的子孫不許學武。他也決不收一個弟子。我爹說道：縱然他將來給仇人殺了，苗家子弟不會武藝，自然沒法爲他報仇。那麼這百餘年來越積越重的血債，愈來愈糾纏不淸的冤孽，或許就可一筆勾銷了。」

寶樹合什道：「善哉，善哉！苗大俠能如此大徹大悟，甘願讓蓋世無雙的苗家劍劍法自他而絕，雖是武林的大損失，卻也是一件大大善事。」

苗若蘭見那臉有刀疤的僕人目中發出異光，心中微感奇怪，向寶樹道：「我進去歇歇，大師跟各位伯伯叔叔，失陪了。」說著斂衽行禮，進了內堂。

寶樹道：「苗姑娘心地仁善，不忍再聽此事。她既有意避開，老衲就跟各位說說。」

這一日自清晨起到此刻，只不過幾個時辰，日未過午，但各人已經歷了不少突兀之事，心中積下不少疑團，何況又與一己生死有關，都急欲明白眞相。

只聽寶樹說道：「自從闖王的四大衛士相互仇殺以後，四家子孫百餘年來斫殺不休。只是那姓胡的賣主求榮，爲武林同道所共棄，因此每次大爭鬥，胡家子孫勢孤，十九落在下風。可是胡家的家傳武功厲害無比，每隔三四十年，胡家定有一兩個傑出的子弟出來爲上代報仇，不論是勝是敗，總是掀起了滿天腥風血雨。

「苗范田三家雖人衆力強、得道多助，但胡家常在暗中忽施襲擊，令人防不勝防。雍正初年，苗范田三家爲了爭奪掌管闖王的軍刀，起了爭執。偏巧胡家又出了一對武功極高的兄弟，一口氣傷了三家十多人。三家急了，由田家出面，邀請江湖好手，才齊心合力殺了胡氏兄弟。這一年大江南北的英雄豪傑聚會洛陽，結盟立誓，從此闖王軍刀由天龍門田氏執掌，若胡家後人再來尋釁生事，由天龍田氏拿這口軍刀號召江湖好漢，共同對付。天下英雄只要見到軍刀，縱使身有天大的要事，也都得擱下，應召赴義。

「這件事過得久了，後人也漸漸淡忘了。只是天龍門掌門對這口寶刀一直珍視萬分。聽說天龍門後來分爲南宗北宗，兩宗每隔十年，輪流掌管寶刀。阮師兄、殷師兄，我說得可對麼？」

阮士中和殷吉齊聲道：「大師的話不錯。」

寶樹笑了笑道：「事隔多年，天龍門門下雖然都知這口刀是本門的鎭門之寶，但此刀到底來歷如何，卻已極少有人考究。時日久了，原也難怪。只是和尚有一事不明，卻要請教曹兄。」曹雲奇大聲道：「甚麼事？」寶樹道：「老衲曾聽人說過，天龍門新舊掌門交替之時，老掌門必將此刀來歷說與新掌門知曉。怎地曹兄榮爲掌門，竟然不知？難道田歸農田老掌門忘了這條門規麼？」

曹雲奇脹紅了臉，待要說話，田青文接口道：「寒門不幸，先父突然去世，來不及跟曹師哥詳言。」寶樹道：「這就是了。唉，此刀我已第二次瞧見。首次見到之時，屈指算來已是二十七年之前的事了。」田青文心道：「苗姑娘約莫十七八歲年紀，她說那是她出世之前十年的事，正是二十七年之前。那麼這和尚見到此刀，看來會與苗姑娘所說的事有關。」

注：關於李自成進軍北京前後的軍紀問題，以及他爲當時形勢脅迫而無法嚴格

維持軍紀一事，作者在《碧血劍》中曾有敘述。因內地評論者頗有持「左」派偏頗觀點而非議之者，故《碧血劍》注釋中曾引中共諸領袖之言論，表示應實事求是，不應單憑主觀好惡而歪曲事實，作者並非認爲凡領導首長，意見必定正確，只表示若只憑首長指示而評論文藝，則不妨廣泛看看多位首長的意見。這些意見，承華東師大黃麗鏞先生及其千金賜書提供，謹對黃先生及黃小姐表示謝意。

以李自成爲主角的長篇小說，說到篇幅之巨、內容之豐富，自以姚雪垠的五卷本《李自成》爲首。我所不能贊同的，是他「主題先行」的寫作主張，要將「古代別的人物的優秀品質和才幹集中到他的身上」（《李自成》第一卷前言），要「以階級鬥爭爲綱，努力寫好階級鬥爭，反映歷史的客觀規律」（〈姚雪垠給江曉天的信〉），以致劉再復先生評《李自成》爲一卷不如一卷，愈寫愈差。劉先生歸納許多評者的意見，認爲原因在於「一由姚先生貪大求全，有人歸因於他寫作靠錄音和祕書整理，又有人認爲在於姚先生堅持『三突出』『高大完美』等文學觀念，按這種理論精心設計人物……人爲地把古人現代化，甚至把古人經典化。」（劉再復、劉緒原：〈劉再復談文字研究與文字論爭〉，《文匯月刊》一九八八年第二期）

不過姚先生在《《李自成》第五卷創作情況匯報〉一文中所談「左思潮在文學領域的影響」的一段話，我是很同意的，現引述如下以供參考：「……由於『左』的思潮在文學領域的影響，過去多少年中，大家諱言李自成後期的失去人心，諱言由於傳統的封建正統觀念，北京城中和四郊人民對李自成的敵視態度，好像李自成是農民革命領袖，廣大人民當然擁護。其實不然。……大家諱言大順軍進北京後軍紀敗壞，諱言在北京的搶劫和奸淫。在『左』的思潮泛濫時期，很多人看見這類史料，簡單地斥之爲『地主階級的造謠』，用盲目的階級偏見對待客觀史料，將自己應該注意的歷史現象拋開，從而將應該有的思想路子封閉。在十分強調『無產階級立場鮮明的年代，很多人在有些重要歷史問題上，只敢有現代流行的『階級觀點』，不敢有實事求是的治學態度。」（姚雪垠：〈創作體會漫筆〉，《文藝理論與批評》一九九〇年第二期）姚先生在寫這段文字時，社會上「左」的思潮已較消退，但影響仍然很大，很多人的習慣性思維方法與眼光還是轉不過來。

李自成初起時軍紀嚴整，所以本文寫了他軍刀上所刻的號令。後期軍紀就廢弛了，本文中不多描述，主要的描述在《碧血劍》中。《碧血劍》撰寫於「左」思潮大泛濫之時，對李自成的描述自以爲可能比較公允，比較符合歷史事實（當然藝術上頗有不足），其時作者尚在海外左派報紙中工作，其後遭到嚴重批判鬥爭及圍攻，但此後兩次修訂，對李自成的描述仍基本上不改。

胡夫人向金面佛凝望了幾眼，嘆了口氣，對胡一刀道：「大哥，天下豪傑之中，除了這位苗大俠，當眞再沒第二人是你敵手。他對你推心置腹，這般氣概，當世也只你們兩位了。」

四

只聽寶樹說道：「那時老衲尚未出家，在直隸滄州鄉下的一個小鎮上行醫爲生。滄州民風好武，少年子弟大都學過三拳兩腳。老衲做的是跌打醫生，也學過一點武藝。那小鎮地處偏僻，只五六百個居民。老衲靠一點兒醫道勉強餬口，自然養不起家，說不上娶妻生子。

「那一年臘月，老衲喝了三碗冷麵湯睡了，正做夢發了大財，他媽的要娶個美貌老婆，吹吹打打的好不興頭，忽聽得嘭嘭嘭一陣響，有人出力打門。

「屋子外北風颳得正緊，我炕裏早熄了火，被子又薄，實在不想起來，好夢給人驚醒了，更沒好氣。但敲門聲越來越響，有人大叫：『大夫，大夫！』那人是關西口音，不是本地人，再不開門，瞧來就要破門而入。我不知出了甚麼事，忙披衣起來，剛拔開門閂，砰的一響，大門就給人用力推開，不是我閃得快，額角準教給大門撞起個老大瘤子。他奶奶的，火光一晃，一條漢子手執火把，撞了進來，叫道：『大夫，請你快去。』「我問：『甚麼事？老兄是誰？』那人道：『有人生了急病！』他不答我第二句話，左手一揮，噹的一響，在桌上丟了一錠大銀。這錠銀子足足有二十兩重，我在鄉下給人醫病，總是幾十文幾百文的醫金，那裏見過一出手就是二十兩一隻大元寶的？心中又驚又喜，忙收了銀子，穿衣著鞋。那漢子不住口的催促。我一面穿衣，一面瞧他相貌，但見他神情粗豪，一副會家子的模樣，只是臉帶憂色。

「他不等我扣好衣鈕，一手幫我挽了藥箱，一手拉了我手就走。我道：『待我掩上了門。』他道：『給偷了甚麼，都賠你的。』拉著我急步而行，走進了平安客店。那是鎮上只此一家的客店，專供來往北京的驢夫腳夫住宿，地方雖不算小，可是又黑又髒。我想此人恁地豪富，怎能在這般地方歇足？念頭尚未轉完，他已拉著我走進店堂。大堂上燭火點得明晃晃地，坐著四五個漢子。拉著我手的那人叫道：『大夫來啦！』各人臉現喜色，擁著我走進東廂房。

「我一進門，不由得嚇了一跳，只見炕上並排躺著四個人，都滿身血污。我叫那漢子拿燭火移近細看，見四人都受了重傷，有的臉上受到刀砍，有的手臂給斬去一截。我問道：『怎麼傷成這樣子？給強人害的麼？』那漢子厲聲道：『你快給治傷，另有重謝。可不許多管閒事，亂說亂問。』我心道：『好傢伙，他媽的這麼兇！』但見他們個個狠霸霸的，身上又各帶兵刃，不敢再問，給四人上了金創藥，止血包紮定當。

「那漢子道：『這邊還有。』領我走到西廂，炕上也有三個受傷的躺著，身上也都是兵刃的新傷。我給上藥止了血，又給他們服些寧神減疼的湯藥。七個人先後都睡著了。那幾個漢子見我用藥有效，對我就客氣些了，不再像初時那般兇狠。他們叫店伴在東廂房用門板給我搭一張床，以防有人傷勢生變，隨時可以醫治。

「睡到鷄鳴時分，門外馬蹄聲響，奔到店前，那一批漢子一齊出去迎接。我裝睡偷看，只見進來了兩人，一個叫化子打扮，雙目炯炯有神，另一個面目清秀，年紀不大。這兩人走到炕邊察看傷者。受傷的人忙忍痛坐起，對兩人極是恭敬。我聽他們叫那化子爲范幫主，叫那青年爲田相公。」

他說到這裏，頓了一頓，向田青文道：「我初見令尊的時候，姑娘還沒出世呢。令尊爲人是挺精明的，那天早晨他那副果斷幹練的模樣，今日就像在眼前一般。」田青文眼圈兒一紅，垂下了頭。

寶樹道：「沒受傷的幾個漢子之中，有一人低聲說道：『范幫主，田相公，張家兄弟從關外一路跟隨這點子夫妻南來，查得確確實實，鐵盒兒確在點子身上。』」

衆人聽到「鐵盒兒」三字，相互望了一眼，都想：「說到正題啦。」

寶樹道：「范幫主點了點頭。那漢子又道：『咱們都候在唐官屯接應，派人給您兩位和金面佛苗大俠送信。不料給點子瞧破了。他一人攔在道上，說道：「我跟你們素不相識，一路跟著我作甚？你們是苗范田三家派來的不是？」張大哥道：「你知道就好啦。」那點子臉一沉，夾手將張大哥的刀奪了去，折爲兩段，拋在地下，說道：「我不想多傷人命，快滾吧！」我們見點子手下厲害，一擁而上。張大哥卻飛腳去踢他娘子的大肚子。那點子大怒，說道：「我本欲相饒，你們竟如此無禮！」搶了一把刀，一口氣傷了我們七人。』

「田相公問：『他還說了些甚麼話？』那漢子道：『那點子本來還要傷人，他娘子在車中叫道：「算啦，給你沒出世的孩子積積德吧！」那點子笑了笑，雙手一拗，將那柄刀折斷了。』田相公向范幫主望了一眼，問道：『你瞧清楚了？當眞是用手折斷的？』那漢子道：『是，小人當時正在他身旁，瞧得清清楚楚。』田相公嗯了一聲，抬起了頭出神。范幫主道：『賢弟不用躭心，苗大俠定能對付得了他。』

「那漢子道：『他去江南，定要打從此處經過。兩位守在這裏，管教他逃不了。』范田二人臉色鄭重，一面低聲商量，慢慢走了出去。

「我等他們出去後，這才假裝醒來，起身給七個傷者換藥。我心裏想：『那點子不知是誰，他確是手下容了情。這七人傷勢雖重，卻沒一個傷到要害。』

「這天傍晚，大家正在廳上吃飯，一名漢子奔了進來，叫道：『來啦！』眾人臉上變色，拋下筷子飯碗，抽出兵刃，搶了出去。我悄悄跟在後面，心中害怕，可也想瞧個熱鬧。

「只見大道上塵土飛揚，一輛大車遠遠駛來。范田二位率眾迎了上去。我跟在最後。那大車駛到眾人面前，就停住了。范幫主叫道：『姓胡的，出來吧。』祇聽得車簾內一人說道：『叫化兒來討賞是不是？好，每個人施捨一文！』眼見黃光連閃，眾人啊喲、啊喲的幾聲叫，先後摔倒。范田兩位武功高，沒摔倒，但手腕上還是各中了一枚錢鏢，一杖一劍，撒手落地。田相公叫道：『范大哥，扯呼！』

「范幫主身手好生了得，彎腰拾起鐵杖，如風般搶到倒在地下的幾名漢子身旁，要給他們解開穴道。我學跌打之時，師父教過人身的三十六道大穴，因此范幫主伸手解穴，我也懂得一點兒。那知他推拿按捏，忙個不了，倒在地下的人竟紋絲不動。車中那人笑道：『很好，一文錢不夠，每人再賞一文。』又是十幾枚銅錢一枚跟著一枚撒出來，每人穴道上中了一下，登時四肢活動，紛紛站起。

「田相公橫劍護身，叫道：『姓胡的，今日我們甘拜下風，你有種就別逃。』車中那人並不回答，但聽得嗤的一聲，一枚銅錢從車中激射而出，正打在他劍尖之上，錚的一響，那劍直飛出去，插在土中。田相公舉起持劍的右手，虎口上流出血來。

「他見敵人如此厲害，臉色大變，手一揮，與范幫主率領衆人奔回客店，揹起七個傷者，上馬向南馳去。田相公臨去之時，又給了我二十兩銀子。我見他這等慷慨，確是位豪俠君子，心想：『車中定是個窮兇極惡的歹徒，否則像田相公這樣的好人，怎會跟他結仇？』正要回家，只見那輛大車駛到了客店門口停下。我好奇心起，要瞧瞧那歹徒怎生模樣，當下躲在櫃枱後面，望著車門。

「只見門簾掀開，車中出來一條大漢，這人生得當眞兇惡，一張黑漆臉皮，滿腮濃髯，頭髮卻又不結辮子，蓬蓬鬆鬆的堆在頭上。我一見他模樣，就嚇了一跳，心想：『你奶奶的，那裏鑽出來一個惡鬼？』只想快些離了客店回家，但說也奇怪，兩隻眼睛望住了他，竟不能避開。我心中暗罵：『大白日見了鬼，莫非這人有妖法？』

「只聽那人說道：『勞駕，掌櫃的，這兒那裏有醫生？』掌櫃的向我一指，說道：『這個就是醫生。』我雙手亂搖，忙道：『不，不……』那人笑道：『別怕，我不會將你煮熟來吃了。』我道：『我……我……』那人沉著臉道：『若要吃你，也只生吃。』我更加怕了，那人卻哈哈大笑起來。我這才知他原來是說笑，心道：『你講笑話，也得揀揀人，老子是給你消遣的麼？你這狗日的惡鬼！』但心裏是這麼說，嘴裏卻半句話也出不了口。

「那人道：『掌櫃的，給我兩間乾淨上房。我娘子要生產，快去找個穩婆來。』他眉頭一皺，說道：『路上驚動了胎氣，怕是難產。醫生，請你別走開。』掌櫃的聽說要在他店裏生產，弄髒屋子，自然老大不願意，但見了他這副兇霸霸的模樣，半句也不敢多說，可是鎮上做穩婆的劉婆婆前幾天死啦，掌櫃的只得跟他說實話。那人模樣更可怕了，摸出一錠大銀，抛在桌上，道：『掌櫃的，勞你駕到別處去找一個，越快越好。』我心想：『怎麼這批人一出手都是二十兩銀子？』

「那惡鬼模樣的人等掌櫃安排好了房間，從車中扶下一個女人來。這女人全身裹在皮裘之中，只露出了一張臉蛋。這一男一女哪，打個比方，那就是貂蟬嫁給了張飛，觀音娘娘嫁給了判官。我一見那女子如此標致，又嚇了一跳，心下琢磨：『這定是一位官家的千金小姐，不知怎地遭逼嫁給了這惡鬼？是了，定是給他搶來做押寨夫人的。』不知怎的，我起了個怪念頭：『這位夫人和田相公才是一對兒，說不定是這惡鬼搶了田相公的夫人，他兩人才結下仇怨。』

「沒過中午，那個夫人就額頭冒汗，哼哼唧唧的叫痛。那惡鬼焦急得很，要親自去找穩婆，那夫人卻又拉著他手，不許他走開。到未牌時分，小孩兒要出來，實在等不得了。那惡鬼要我接生，我自然不肯。你們想，我一個堂堂男子漢，給婦道人家接生怎麼成？那是一千一萬個晦氣，這種事一做，這一生一世就注定倒足了霉。

「那惡鬼道：『你接嘛，這裏有二百兩銀子。不接嘛，那也由你。』他伸手一拍，將方桌的角兒拍下了一塊。我想：『性命要緊。再說，二百兩銀子哪，做十年跌打醫生也賺不到，倒霉一次又有何妨？』便給那夫人接下一個白白胖胖的小子。

「這小子哭得好響，臉上全是毛，眼睛睜得大大的，生下來就是一副兇相，倒眞像他爹，日後長大了十九也是個歹人。

「那惡鬼很開心，當眞就捧給我十隻二十兩的大元寶。那夫人又給了我一錠黃金，總值得八九十兩銀子。那惡鬼又捧出一盤銀子，客店中從掌櫃到灶下燒火的，每人都送了十兩。這一下大夥兒可就樂開啦。那惡鬼拉著大夥兒喝酒，連打雜的、掃地的小廝，都教上了桌。大家管他叫胡大爺。他說道：『我姓胡，生平只要遇到做壞事的，立時一刀殺了，因此名字叫作胡一刀。你們別大爺長大爺短的，我也是窮漢出身。打從惡霸那裏搶了些錢財，算甚麼大爺？叫我胡大哥得啦！』

「我早知他不是好人，他果然自己說了出來。大夥不敢叫他『大哥』，他卻逼著非叫不可。後來大夥兒酒喝多了，大了膽子，就跟他大哥長、大哥短起來。這一晚他不放我回家，要我陪他喝酒。喝到二更時分，別人都醉倒了，只我酒量好，還陪著他一碗一碗對付著灌。他越喝興致越高，進房去抱了兒子出來，用指頭蘸了酒給他吮。這小子生下不到一天，吮著烈酒非但不哭，反舐得津津有味，眞是天生的酒鬼。

「就在那時，南邊忽然傳來馬蹄聲響，一共有二三十匹馬，轉眼就奔到了店門口，跟著就聽得拍門聲響。掌櫃的早醉得糊塗啦，跌跌撞撞的去開門。門一打開，進來了二三十條漢子，個個身上帶著兵刃。這些人在門口排成一列，默不作聲。只其中一人走上前來，在一張桌旁坐下，從背上解下一個黃布包袱，放在桌上。燭光下看得分明，包袱上用黑絲線繡著七個字：『打遍天下無敵手』。」

眾人聽到這裏，都抬起頭來，望了望廳中對聯上「大言天下無敵手」和「苗人鳳」等字。

寶樹道：「苗大俠這七字外號，直到現下，我還是覺得有點兒過於目中無人。那天晚上見到，自然十分驚訝。只見他身材極高極瘦，宛似一條竹篙，面皮蠟黃，滿臉病容，一雙破蒲扇般的大手，攤著放在桌上。我說他這對手像破蒲扇，因爲手掌瘦得只剩下一根根骨頭。我當時自然不知道他是誰，到後來才知是金面佛苗人鳳苗大俠。

「那胡一刀自顧自逗弄孩子，竟似沒瞧見這許多人進來。苗大俠也一句話不說，自有他的從人斟上酒來。那幾十個漢子瞪著眼睛瞧胡一刀。他卻只管蘸酒給嬰兒吮。他蘸一滴酒，仰脖子喝一碗，爺兒倆竟勸上了酒。操你奶奶的，你們見過嗎？嘿嘿，幸好苗小姐不在，否則老子不敢說粗話，可有多憋氣！

「我心中怦怦亂跳，只想快快離開這是非之地，可是又怎敢移動一步？那時候啊，只要誰稍稍動一動，幾十把刀劍立時就砍將下來，就算不是對準了往我身上招呼，只須挨著一點邊兒，那也非去了半條小命不可。

「胡一刀和苗大俠悶聲不響的，各自喝了十多碗酒，誰也不向誰瞧一眼。忽然房中夫人醒了，叫了聲：『大哥！』就在這時，那嬰兒哇的一聲大哭起來。胡一刀手一顫，嗆啷一聲，酒碗落在地下，跌得粉碎。他臉色立變，抱著孩子站起。苗大俠『嘿、嘿、嘿』的冷笑三聲，轉身出門。衆人一齊跟出，片刻之間，馬蹄聲漸漸遠去。我本來只道一場惡鬥定然難免，那知道孩子這麼一哭，苗大俠居然立刻就走。我和掌櫃、夥計們面面相覷，摸不著半點頭腦。

「胡一刀抱著孩子走進房去，那房間的板壁挺薄，只聽夫人問道：『大哥，是誰來了啊？』胡一刀道：『幾個毛賊，你好好睡罷！別躭心。』夫人嘆了口氣，低聲道：『不用騙我，是金面佛來啦。』胡一刀道：『不是的，你別瞎疑心。』夫人道：『那你幹麼說話聲音發抖？你從來不是這樣的。』

「胡一刀不語，隔了片刻說道：『你猜到就算啦。我不會怕他的。』夫人道：『大哥，你千萬別爲了我，爲了孩子躭心。你心裏一怕，就打他不過了。』胡一刀嘆了口長氣，道：『也不知道爲甚麼，我從來天不怕地不怕，今晚抱著孩子，見到金面佛進來，他把包袱往桌上一放，眼角向孩子一晃，我就全身出了一陣冷汗。妹子，你說得不錯，我就是怕金面佛。』夫人道：『你不是自己怕他，是怕他害我，怕他害咱們孩子。』胡一刀道：『聽說金面佛行俠仗義，江湖上都叫他苗大俠，總不會害女人孩子吧？』他說這幾句話時聲音更加發顫，顯是心裏半分兒也拿不準。我聽了這幾句話，忽然可憐他起來，心想：『這人臉上一副兇像，原來心裏卻害怕得緊。』

「只聽夫人輕聲道：『大哥，你抱了孩子，回家去吧。等我養好身子，到關外尋你。』胡一刀道：『唉，那怎麼成？要死，咱倆也死在一塊。』夫人嘆道：『早知如此，當年我不阻你南來跟金面佛挑戰倒好。那時你心無牽掛，準能勝他。』胡一刀笑道：『今日相逢，也未必就敗在他手裏。他那個「打遍天下無敵手」的黃包袱，只怕得換換主兒。』他雖帶笑而說，但聲音微微發顫，即使隔了一道板壁，仍聽得出來。

「夫人忽道：『大哥，你答允我一件事。』胡一刀道：『甚麼？』夫人道：『咱們把一切跟金面佛明說了，瞧他怎麼說。他號稱大俠，難道不講道理？』

「胡一刀道：『我在外面一邊喝酒，一邊心中琢磨，十幾條可行的路子都細細想過了。你剛生下孩子，怎能出外？我自己去，一說就僵。倘若有個人能使，你的主意倒也行得。』夫人想了一會，道：『那個醫生倒挺能幹的，口齒伶俐，不如煩他一行。』胡一刀道：『此人貪財，未必可靠。』嘿嘿，這胡一刀倒是老子的知己。夫人道：『咱們重重酬謝他就是。』哈哈，老和尚年輕之時，確是好酒貪財，說出來也不怕各位笑話，我一聽『重重酬謝』四字，早就打定了主意：『就是水裏火裏，也要爲他走一遭。』

「他們夫妻倆低聲商量了幾句，胡一刀就出來叫我進房，說道：『明日一早，有人送信來。相煩你跟隨他前去，送我的回信給金面佛苗大俠，就是剛才來喝酒的那位黃臉大爺。』我想此事何難，當下滿口答應。

「次日大清早，果然一個漢子騎馬送了一封信來給胡一刀。我聽胡一刀給他夫人唸信，原來是苗大俠約他比武，要他自擇日子地方。胡一刀寫了一封回信交給我。我向客店掌櫃借了匹馬，跟了那漢子前去。向南走了三十多里，那漢子領我進了一座大屋。苗大俠、范幫主、田相公都在裏面，此外還有四五十人，男的女的、和尚道士都有。

「田相公看了那信，說道：『不必另約日子了，我們明天準到。』我道：『相公還有甚麼吩咐？』田相公道：『你去跟胡一刀說，叫他先買定三口棺材，兩口大的，一口小的，免得大爺們到頭來破費。』我回到客店，把這幾句話對胡一刀夫婦說了，心想他們必定破口大罵，那知他們只對望了一眼，一言不發。兩人輪流抱著孩子，只管親他疼他，好似自知死期已近，多抱一刻也是好的。

「這一晚我儘做噩夢，一會兒夢見胡一刀把苗大俠殺了，一會兒夢見苗大俠把胡一刀殺了，一會兒又夢見這兩人把我殺了。睡到半夜，忽然給幾下怪聲吵醒，一聽原來是隔壁房裏胡一刀在哭泣。

「我好生奇怪，心想：『瞧他也是個響噹噹的漢子，大丈夫死就死了，事到臨頭，還哭些甚麼？怎地如此膿包？』卻聽他嗚咽著道：『孩子，你生下三天，便成了沒爹沒娘的孤兒，將來有誰疼你？你餓了冷了，誰來管你？你受人欺侮，誰來幫你？』

「起初我還罵他膿包，聽到後來，卻不禁心裏酸了，暗想：這麼兇惡粗豪的一條猛漢子，對小孩兒竟如此愛憐。他哭了一陣，他夫人忽道：『大哥，你不用傷心。倘若你當眞命喪金面佛之手，我決定不死，好好將孩子帶大就是。』胡一刀大喜，道：『妹子，我最放心不下的就是這件事。若我不幸死了，你又怎能活著？現下你肯毅然挑起這副重擔，我就沒甚麼擔憂的了。哈哈，一個人生在世上，又有哪一個不死的？跟這位天下第一高手痛痛快快的打一場，那也是百年難逢的奇遇啊！』

「我聽了這番話，覺得他眞是個奇人，只聽他大笑了一會，忽又嘆氣道：『妹子，刀劍一割，頸中一痛，甚麼都完事啦。死是很容易的，你活著可就難了。我死了之後，無知無覺，你卻要日日夜夜的傷心難過。唉，我心中眞捨不得你。』夫人道：『我瞧著孩子，就如瞧著你一般。等他長大了，我叫他學你的樣，甚麼貪官污吏、土豪惡霸，見了就是一刀。』胡一刀道：『我生平的所作所爲，你覺得都沒錯？要孩子全學我的樣？』夫人道：『都沒錯！一件都沒錯，要孩子全學你的好樣！』胡一刀道：『好，不論我是死是活，這一生過得無愧天地。這隻鐵盒兒，等孩子過了十六歲生日時給他。』

「我在門縫中悄悄張望，只見夫人抱著孩子，胡一刀從衣囊中取出一隻鐵盒來，那就是這一隻盒子了。不過那時闖王的軍刀卻在天龍門田家手裏，並非放在盒裏。

「那麼盒中放的是甚麼呢？你們定然要問。當時我心中也是老大個疑竇。可是胡一刀不打開盒子，我自然也沒法看到。

「他交代了這些話後，心中無牽無掛，倒頭便睡，片刻間鼾聲大作。這打鼾聲就如砲轟雷響一般。我知道沒甚麼聽的了，想合眼睡覺，但隔壁那鼾聲實在響得厲害，吵得我怎睡得著？我心裏想：這位少年夫人千嬌百媚，如花似玉，卻嫁了胡一刀這麼個又粗魯又醜陋的漢子，這本已奇了，居然還死心塌地的敬他愛他，那更是教人說甚麼也想不通。

「第二日天沒亮，夫人出房來吩咐店伴，宰一口豬一口羊，又要殺雞殺鴨，她親自下廚去做菜。我勸道：『你生孩子沒過三朝，勞碌不得，否則日後腰酸背痛，麻煩可多著了。』她笑了笑道：『眼前的麻煩已夠多了，還管日後呢？』胡一刀見她累得辛苦，也勸她歇歇。夫人也只朝他笑笑，自顧自做菜。胡一刀笑道：『好，再吃一次你的妙手烹調，死而無憾。』我這才明白，原來她知夫妻死別在即，無論如何，要再做一次菜給丈夫吃。

「到天色大亮，夫人已做好了二三十個菜，放滿了一桌。胡一刀叫店伴打來幾十斤酒，放懷大喝。夫人抱著孩子坐在他身旁，給他斟酒布菜，臉上竟自帶著笑容。

「胡一刀一口氣喝了七八碗白乾，用手抓了幾塊羊肉入口，只聽得門外馬蹄聲響，漸漸馳近。胡一刀與夫人對望一眼，笑了一笑，臉上神色都顯得難捨難分。胡一刀道：『你進房去吧。等孩子大了，你記得跟他說：「爸爸叫他心腸狠些硬些。」就這麼一句話。』夫人點了點頭，道：『讓我瞧瞧金面佛是甚麼模樣。』

「過不多時，馬蹄聲在門外停住，金面佛、范幫主、田相公又帶了那幾十個人進來。胡一刀頭也不抬，說道：『吃罷！』金面佛道：『好！』坐在他對面，端起碗就要喝酒。田相公忙伸手攔住，說道：『苗大俠，須防酒肉之中有甚古怪。』金面佛道：『早知胡一刀是鐵錚錚的好漢子，行事光明磊落，豈能暗算害我？』舉起碗一仰脖子，一口喝乾，夾塊羊肉吃了，他吃菜的模樣可比胡一刀斯文得多了。

「夫人向金面佛凝望了幾眼，嘆了口氣，對胡一刀道：『大哥，天下豪傑之中，除了這位苗大俠，當眞再沒第二人是你敵手。他對你推心置腹，這般氣概，當世也就只你們兩位了。』胡一刀哈哈笑道：『妹子，你是女中丈夫，你也算得上一個。』夫人向金面佛道：『苗大俠，你是男兒漢大丈夫，果眞名不虛傳。我丈夫倘若死在你手裏，不算枉了。你倘若給我丈夫殺了，也不害你一世英名。來，我敬你一碗。』說著斟了兩碗酒，自己先喝了一碗。

「金面佛似乎不愛說話，只雙眉一揚，說道：『好！』接過酒碗。范幫主一直在旁沉著臉，這時搶上一步，叫道：『苗大俠，須防最毒婦人心。』金面佛眉頭一皺，不去理他，自行將酒喝了。夫人抱著孩子，站起身來，說道：『苗大俠，你有甚麼放不下之事，先跟我說。否則若你一個失手，給我丈夫殺了，你這些朋友，嘿嘿，未必能給你辦甚麼事。』

「金面佛微一沉吟，說道：『四年之前，我有事去了嶺南，家中卻來了一人，自稱是山東武定縣的商劍鳴。』夫人道：『嗯，此人是威震河朔王維揚的弟子，八卦門中好手，八卦掌與八卦刀都很了得。』金面佛道：『不錯。他聽說我有個外號叫作「打遍天下無敵手」，心中不服，找上門來比武。偏巧我不在家，他和我兄弟三言兩語，動起手來，竟下殺手，將我兩個兄弟、一個妹子，全用重手震死。比武有輸有贏，我弟妹學藝不精，死在他手裏，那也罷了，那知他還將我那不會武藝的弟婦也一掌打死。』夫人道：『此人好橫。你就該去找他啊。』金面佛道：『我兩個兄弟武功不弱，商劍鳴既有此手段，自是勁敵。想我苗家與胡家累世深仇，胡一刀之事未了，不該冒險輕生，是以四年來一直沒上山東武定去。』夫人道：『這件事交給我們就是。』金面佛點點頭，站起身來，抽出佩劍，說道：『胡一刀，來吧。』

「胡一刀只顧吃肉，卻不理他。夫人道：『苗大俠，我丈夫武功雖強，也未必一定能勝你。』金面佛道：『啊，我忘了。胡一刀，你心中有甚麼放不下之事？』胡一刀抹抹嘴，站起身來，說道：『你若殺了我，這孩子日後必定找你報仇。你好好照顧他吧。』我心裏想：『常言道：斬草除根。金面佛若將胡一刀殺了，那肯放過他妻兒？他居然還怕金面佛忘記，特地提上一提。』那知金面佛說道：『你放心，你若不幸失手，這孩子我當自己兒子一般看待。』

「范幫主與田相公皺著眉頭站在一旁，模樣兒顯得好不耐煩。我心中也暗暗納罕：『瞧胡一刀夫婦與金面佛的神情，互相敬重囑託，倒似是極好的朋友，那裏會性命相拚？』

「就在此時，胡一刀從腰間拔出刀來，寒光一閃，叫道：『好朋友，你先請！』金面佛長劍輕晃，說聲：『領教！』虛走兩招。田相公叫道：『苗大俠，不用客氣，進招吧！』金面佛突然收劍，回頭說道：『各位通統請出門去！』田相公討了個沒趣，見他臉色嚴重，不敢違背，和范幫主等都退出大廳，站在門口觀戰。

「胡一刀叫道：『好，我進招了。』欺進一步，揮刀當頭猛劈。

「金面佛身子斜走，劍鋒圈轉，劍尖顫動，刺向對方右脅。胡一刀道：『我這把刀是寶刀，小心了。』一面說，一面揮刀往劍身砍去。金面佛道：『承教！』手腕振處，劍刃早已避開。我在滄州看人動刀子比武，也不知看了多少，但兩人那麼快的身手，卻從來沒見過。兩人只拆了七八招，我手心中已全是冷汗。

「又拆數招，兩人兵刃倏地相交，嗆啷一聲，金面佛的長劍給削爲兩截。他絲毫不懼，拋下斷劍，要以空手與敵人相搏。胡一刀卻躍出圈子，叫道：『你換柄劍吧！』金面佛道：『不礙事！』田相公卻已將自己的長劍遞了過去。金面佛微一沉吟，說道：『我空手打不過你的單刀，還是用劍的好。』接過長劍，兩人又動起手來。我心想：『滄州的少年子弟比武，明明栽了，還是不肯服氣，定要說幾句話來圓臉。這位金面佛自稱打遍天下無敵手，手上並未輸招，嘴上卻已洩氣，也算得古怪。』後來我才明白，這兩人都是天下一等一的高手，拆了這幾招，心中都已佩服對方，自然不敢相輕。

「這時兩人互轉圈子，離得遠遠的，突然間撲上交換一招兩式，立即躍開。這般鬥了十多個回合，金面佛斗然一劍刺向胡一刀頭頸。這一劍去勢勁急之極，眼見難以閃避。胡一刀往地下一滾，甩起刀來，噹的一響，又將長劍削斷了。他隨即躍起，叫道：『對不起！不是我自恃兵器鋒利，實是你這一招太過厲害，非此不能破解。』

「金面佛點點頭道：『不礙事。』田相公又遞了一柄劍上來。他接在手中。胡一刀道：『喂，你們借一柄刀來。我這刀太利，兩人都顯不出真功夫。』田相公大喜，當即在從人手中取過一柄刀交給他。胡一刀把自己原來的利刀放在桌上，將借來的單刀掂了一掂。金面佛道：『太輕了吧？』橫過長劍，右手拇指與食指揑住劍尖，啪的一聲，將劍尖折了一截下來。這指力當真厲害之極。我心中暗暗吃驚，只聽得胡一刀笑道：『苗人鳳，你不肯佔人半點便宜，果然稱得上一個「俠」字。』

「金面佛道：『豈敢，有一事須得跟你明言。』胡一刀道：『說吧。』金面佛道：『我早知你武功高強，苗人鳳未必是你對手。可是我在江湖上到處宣揚「打遍天下無敵手」七字，非是苗人鳳不知天高地厚，狂妄無恥……』胡一刀左手一擺，攔住了他話頭，說道：『我早知你的眞意。你想找我動手，可是沒法找到，於是宣揚這七字外號，好激我進關。』他微微苦笑，說道：『現今我進關了。你要是打敗了我，這七字外號名副其實，儘可用得。進招吧！』」

衆人聽到這裏，才知苗人鳳這七字外號的眞意。

只聽寶樹說道：「兩人說了這番話，刀劍閃動，又已鬥在一起。這一次兵刃上扯平，兩人各顯平生絕技，起初兩百餘招中，竟沒分半點上下。後來胡一刀似乎漸漸落敗，一路刀法全取守勢，范、田諸人臉上均現喜色。只見他守得緊密異常，金面佛四面八方連環進攻，卻奈何不得他半點。突然之間，胡一刀刀法一變，出手全是硬劈硬斫。金面佛滿廳遊走，長劍或刺或擊，也靈動之極。

「這單刀功夫，我也曾跟師父下過七八年苦功，知道單刀分『天地君親師』五位：刀背爲天，刀口爲地，柄中爲君，護手爲親，柄後爲師。這五位之中，自以天地兩位爲主，看那胡一刀的刀法，天地兩位固使得出神入化，而君親師三位，竟也能用以攻敵防身。有時金面佛的長劍奇招突生，從出人意料之外的部位刺去，若用刀背刀口，萬難擋架，胡一刀竟會突然掉轉刀鋒，以刀柄打擊劍刃，迫使敵人變招。至於『展、抹、鉤、剁、砍、劈』六字訣，更加變幻莫測。

「劍上的功夫，那時我可不大懂啦。只胡一刀的刀法如此精奇，而金面佛始終跟他打得不落下風，自然也必厲害之極。刀劍槍是武學的三大主兵，常言道：『刀如猛虎，劍如飛鳳，槍如遊龍。』這兩人使刀的果如猛虎下山，使劍的也確似鳳凰飛舞，一剛一柔，各有各的本事，誰也勝不了誰。起初我還看得出招數架式，到得後來，只瞧得頭暈目眩，生怕當場摔倒，只好轉過了頭不看。

「那時耳中只聽得刀劍劈風的呼呼之聲，偶而雙刃相交，發出錚的一聲。我向胡一刀的夫人臉上一望，只見她神色平和，竟絲毫不爲丈夫的安危擔心。

「我回頭再看胡一刀時，只見他愈打愈鎮定，臉露笑容，似乎勝算在握。金面佛一張黃黃的面皮上卻不洩露半點心事，既不緊迫，亦不氣餒。只見胡一刀著著進逼，金面佛不住倒退。范幫主和田相公兩人的神色卻愈來愈沉重。我心想：『難道金面佛竟要輸在胡一刀手裏？』

「忽聽得啪、啪、啪一陣響，田相公拉開彈弓，一陣連珠彈突然往胡一刀上中下三路射去。胡一刀哈哈大笑，將單刀往地下一摔。金面佛臉一沉，長劍揮動，將彈子都撥了開去，縱到田相公身旁，夾手搶過彈弓，啪的一聲，折成了兩截，遠遠拋在門外，低沉著嗓子道：『出去！』我好生奇怪：『人家怕你打輸，才好意相助，你卻如此不識好歹。』田相公紫脹了臉皮，怒目向金面佛瞪了一眼，走出門去。

「金面佛拾起單刀，向胡一刀拋去，說道：『咱們再來。』胡一刀伸手接住，順勢一刀揮出，噹的一響，刀劍相交。鬥了一陣，眼見日已過午，胡一刀叫道：『肚子餓啦，你吃不吃飯？』金面佛道：『好，吃一點。』兩人坐在桌邊，旁若無人的吃了起來。胡一刀狼吞虎嚥，一口氣吃了七八個饅頭、一隻鷄、半隻羊腿。金面佛卻只吃了兩條鷄腿。胡一刀笑道：『你吃得太少，難道內人的烹調手段不行麼？』金面佛道：『很好。胡大嫂，多謝了！』夾了一大塊羊肉吃了。

「吃過飯，兩人抹抹嘴再打，不久都施開輕身功夫，滿廳飛奔來去。別瞧胡一刀身子粗壯，進退閃避，竟靈動異常；金面佛手長腿長，自也不能慢了。這一番撲擊，我看得越加眼花繚亂，忽聽得啊的一聲，胡一刀左足一滑，跪了下去。這原是金面佛進招的良機，他只要一劍劈下，敵手萬難閃避，那知金面佛反向後躍，叫道：『你踏著彈子，小心了！』胡一刀膝未點地，早已站起，道：『不錯！』左手拾起彈子，中指一彈，嗤的一聲，那彈子從門中直飛出去。

「金面佛叫道：『看劍！』挺劍又上。兩人翻翻滾滾，直鬥到夜色朦朧，也不知變換了多少招式，兀自難分勝敗。金面佛躍出圈子，說道：『胡兄，你武藝高強，在下佩服得緊。咱們挑燈夜戰呢，還是明日再決雌雄？』胡一刀笑道：『你讓我多活一天吧！』金面佛道：『不敢！』退後三步，長劍一伸，一招『丹鳳朝陽』，轉身便走。這『丹鳳朝陽』式雖爲劍招，但他退後三步再使將出來，已變爲行禮致敬。胡一刀豎起刀來，斜斜向上一指，這一招『參拜北斗』，也是向對方致意。兩人初鬥時性命相搏，但打了一日，相互欽佩，分手之時，居然都使出了武林中最恭敬的禮節。

「胡一刀待敵人去後，飽餐了一頓，騎上馬疾馳而去。我心想，他必是要到南邊大屋去窺探敵人動靜，說不定要暗施偷襲，只要將金面佛傷了，餘人沒一個是他對手。我滿心要想去跟田相公通風報信，叫他防備，只害怕撞到胡一刀，卻又不敢出外。

「這一晚隔房雖沒人打鼾，我可仍睡不安穩，一直留神傾聽胡一刀回轉的馬蹄聲。但守到半夜，仍沒聲息。我想，去南邊大屋，快馬奔馳，不用一個時辰便可來回，難道他給金面佛發覺了，寡不敵衆，因而喪命？

「他越遲歸，我越不放心，但聽隔壁房裏夫人輕輕唱著歌兒哄孩子，卻一點不爲丈夫躭心，又覺奇怪。

「到後來晨鷄報曉，五更天時，胡一刀騎著馬回來了。我急忙起來，見他坐騎已換了一匹，去時騎青馬，回來時騎的卻是黃馬。那黃馬奔到店前，胡一刀一躍落鞍，那馬晃了幾下，撲地倒了，口吐白沫而死。我過去看時，見那馬全身大汗淋漓，原來是累死的。瞧這情形，這一晚他竟長途跋涉，不知去了那裏。我心想：今日他還要跟金面佛拚鬥，昨晚不好好安睡，養好氣力以備大戰，卻去累了一晚，眞是怪人。

「這時夫人也已起來，又做了一桌菜。胡一刀竟不再睡，將孩子一拋一拋的玩弄。待得天色大明，金面佛又與田相公等來了。苗胡兩人對喝了三碗酒，沒說甚麼話，踢開櫈子，抽出刀劍就動手。打到天黑，兩人收兵行禮。金面佛道：『胡兄，你今日力氣差了，明日只怕要輸。』胡一刀道：『那也未必。昨晚我沒睡覺，今晚安睡一宵，氣力就長了。』金面佛奇道：『昨晚沒睡覺？那不對。』

「胡一刀笑道：『苗兄，我送你一件物事。』從房裏提出一個包裹，擲了過去。金面佛接過，解開一看，原來是個割下的首級，首級之旁還有七枚金鏢。范幫主向那首級望了一眼，驚叫道：『是八卦刀商劍鳴！』金面佛拿起一枚金鏢，在手裏掂了掂，似乎份量挺沉，見鏢身上刻著四字：『八卦門商』，說道：『昨晚你趕到山東武定縣了？』胡一刀笑道：『累死了五匹馬，總算沒誤了你約會。』

「我又驚又怕，怔怔的望著胡一刀。從直隸滄州到山東武定，相去近三百里，他一夜之間來回，還割了一個武林大豪的首級，這人行事當眞神出鬼沒。

「金面佛道：『你用甚麼刀法殺他？』胡一刀道：『此人的八卦刀功夫，確是了得，我接住了他七枚連珠鏢，跟著用「沖天掌蘇秦背劍」這一招，破了他八卦刀法第二十九招「反身劈山」。』金面佛一怔，奇道：『沖天掌蘇秦背劍？這是我苗家劍法啊？』胡一刀笑道：『正是，那是我昨天從你這兒偷學來的功夫。我不用刀，是用劍殺他的。』

「金面佛道：『好！你爲苗家報仇，使的是苗家劍法，足見盛情。』胡一刀笑道：『你苗家劍獨步天下，以此劍法殺他何難，在下只代勞而已。』

「我這時方才明白，胡一刀是處處尊重金面佛。商劍鳴害了苗家四人，胡一刀若用刀將他殺了，豈非顯得苗家劍不如八卦刀？更加不如胡家刀法？只是他一日之間，能學得苗家劍的絕招，用以殺了另一個武學名家，這番功夫實不由得令人不爲之心寒。他直到這日鬥完，才拿出首級來，毫無居功賣好之意，更大方磊落，而其自恃不敗，也已明顯得很了。

「我想到此節，范田兩人早已想到。兩人臉色蒼白，互相使了個眼色，轉身便走。金面佛望望夫人手裏抱著的孩子，解下背上的黃包袱，打了開來。我心想這裏面不知裝著些甚麼古怪物事，伸長了脖子一瞧，卻見包袱裏只幾件尋常衣衫。金面佛將那塊黃布一抖，瞧著布上繡著的七個字，低聲道：『嘿，打遍天下無敵手！胡吹大氣！』伸手抱過孩子，將黃布包在他身上，對胡一刀道：『胡兄，若你有甚三長兩短，別躭心這孩子有人敢欺侮他。』胡一刀大喜，連連稱謝。

「金面佛去後，胡一刀又飽餐了一頓，這才睡覺，這一睡下來，鼾聲更加驚天動地。

「待到二更時分，忽聽屋頂上腳步聲響，有人叫道：『胡一刀，快滾出來領死！』胡一刀並沒驚醒，仍鼾聲大作。不久喝罵聲越來越響，人也越來越多。胡一刀如聾了一般，只是沉睡。我想此人武藝雖高，卻太不機靈，屋外來了不少敵人，竟毫不驚覺。但說也奇怪，胡一刀固然沒聽見，夫人明明醒著，卻只低聲哼歌兒哄孩子，對窗外屋頂的叫嚷，也置之不理，沒去推醒丈夫迎敵。

「屋外那些人儘是吵嚷，卻又不敢闖進屋來，胡一刀則只管打鼾。屋內屋外一唱一和，響成一片。吵了半個時辰，夫人忽然柔聲道：『孩子，外邊有許多野狗，想吠叫一夜，吵得爹爹睡不成覺，教他明兒跟苗伯伯比武輸了。你說這羣野狗壞不壞？』孩子生下來還只幾天，自然不會說話，只咿咿啊啊幾聲。夫人道：『眞是乖孩子，你也說野狗壞。讓媽媽去趕走了，好不好？』那孩子又啊啊幾聲。夫人道：『嗯，你也說好，眞不枉了爹媽疼你。』她左手抱了孩子，右手從床頭拿起一根綢帶，推開窗子，颼的一下，躍了出去。

「我大吃一驚，瞧不出這樣嬌滴滴的一個女子，輕功竟如此了得。我忙走到窗邊，在窗格紙上刺了一個孔。向外張望，只見屋面上高高矮矮，站了二三十條大漢，手中都拿著兵刃，正在大聲吆喝。夫人右手一揮，一條白綢帶如長蛇也似的伸了出去，捲住一條大漢手上的單刀，一奪一放，那大漢叫聲啊喲，單刀脫手，身子卻從屋面上摔了下去，蓬的一聲，結結實實的摔在地下。

「其餘的漢子嘩然叫嚷，紛紛撲上。月光之下，只見夫人手中的白綢帶就如是一條白龍，盤旋飛舞，縱橫上下，但聽得嗆啷、嗆啷、啊喲、啊喲、砰蓬、砰蓬之聲連響，不到一頓飯功夫，幾十條漢子的兵刃全讓夫人用綢帶奪下，人都摔下了屋頂。這些人那敢再鬥，爬起身來便逃，有些連馬也不敢騎，把牲口撇下也不要了。只把我瞧得目瞪口呆，心驚肉跳。夫人將那些兵刃從屋頂踢在地下，也不撿拾，抱了孩子進屋餵奶。胡一刀始終鼾聲如雷，似乎渾不知有這麼一回事。

「次日早晨，夫人做了菜，命店伴拾起兵刃，用繩子繫住，一件件都掛在屋簷下，北風一吹，刀啦、劍啦、錘啦、鞭啦，相互撞擊，叮叮噹噹的甚是好聽。

「吃過早飯，金面佛又來啦。他聽得聲音，抬頭一瞧，見了這些兵刃，已知原委，向跟隨他來的衆人狠狠瞪了一眼。那些人低了頭不敢瞧他。金面佛罵道：『不要臉！算甚麼男子漢？都給我滾開！』那些人不敢作聲，都退了幾步。我想，夫人昨晚若要殺了這些人，當眞易如反掌，就算將他們一一點倒，都橫躺在地，也毫不爲難，只不過這一來，未免削了金面佛的臉面。

「金面佛道：『胡兄，這批沒出息的傢伙吵得你難以安睡。咱們今日停戰，你好好睡一覺，明日再比。』胡一刀笑道：『是內人打發的，兄弟睡著不知。來吧！』單刀一振，立個門戶。

「金面佛向胡夫人道：『多承大嫂手下容情，饒了這些傢伙的性命。』夫人微微一笑。胡一刀與苗人鳳兩人客氣幾句，隨即刀劍相交。

「這一日打到天黑，仍不分勝負。金面佛收劍道：『胡兄，今日兄弟不回去啦。想跟你痛飲一番，然後抵足而眠，談論武藝。』胡一刀大笑，叫道：『妙極，妙極。兄弟參研苗兄劍法，尚有許多不明之處，今晚正好領教。』金面佛向范幫主、田相公道：『你們走吧，今晚我住在這裏。』

「范幫主不由得大驚失色，說道：『苗大俠，小心他的奸計……』金面佛冷然道：『我愛怎麼便怎麼，你管得著？』田相公道：『你別忘了殺父之仇，做個不孝子孫。』金面佛臉一沉。范田二人不敢再說，帶著衆人走了。

「這一晚兩人一面喝酒，一面談論武功。金面佛將苗家劍的精要，一招一式講給胡一刀聽。胡一刀也把胡家刀法毫不藏私的說得十分細到。兩人越談越投機，他們說這叫做相見恨晚，是嗎？兩人喝幾碗酒，站起來試演幾招，又坐下喝酒。他二人談論的都是最高深的功夫，我雖清清楚楚的聽在耳裏，自然一句也不懂。

「說到半夜，胡一刀叫掌櫃的開了一間上房，他和金面佛當眞同榻而眠。我暗自尋思：『兩個活人進房，明日房中定有個死人，卻不知誰先下手？金面佛似乎不是奸險小人，這一回他可要糟了。』

「後來轉念又想，胡一刀粗豪鹵莽，遠不如金面佛精細。兩人武功雖不相上下，但說到鬥智弄巧，定是金面佛勝了一籌。那麼明日活著出來的，想必是金面佛而不是胡一刀了。

「我好奇心起，悄悄走到他們房外窗邊偷聽。那時兩人談論的已不是武功，而是江湖上的奇聞秘事，和兩人往日的所作所爲。有時金面佛說在甚麼地方殺了一個兇徒，有時胡一刀說在甚麼時候救了一個苦人，說到痛快處，一齊拍掌大笑。只把我聽得張大了口合不攏來。我想胡一刀窮兇極惡，做這些事並不奇怪，但金面佛的外號中有個『佛』字，竟也是這般的殺人不眨眼。

「說到後來，金面佛忽然嘆道：『可惜啊可惜！』胡一刀道：『可惜甚麼？』金面佛道：『倘若你不姓胡，或者我不姓苗，咱倆定然結成生死之交。我苗人鳳一向自負得緊，這一回見了你，那可眞口服心服了。唉，天下雖大，除了胡一刀，苗人鳳再沒可交之人了。』胡一刀道：『我若死在你手裏，你可和我內人時常談談。她是女中豪傑，遠勝你那些膽小鬼朋友。』金面佛怒道：『哼，這些傢伙那裏配得上做我朋友？』

「他們說來說去，總是不涉及上代結仇之事。偶爾有人把話帶得近了，另一個立即將話頭岔開。這一晚兩人竟沒睡覺，累得我也在窗外站了半夜。院子裏寒風刺骨，把我兩隻腳凍得沒了知覺。到天色大明，金面佛忽然走到窗邊，冷笑道：『哼，聽夠了麼？』但聽得格的一響，胡一刀道：『苗兄，此人還好，饒了他吧！』我只覺得頭上給甚麼東西一撞，登時昏了過去。

「待得醒轉，我已睡在自己炕上，過了老半天，這才想起，定是金面佛發覺我在外偷聽，開窗打了我一拳。若非胡一刀代我求情，我這條小命早不在了。我爬下炕來，只覺得腦子昏昏沉沉的，拿鏡子一照，半邊臉全成了紫色，腫起一寸來高。我嚇了一大跳，噹啷一聲，鏡子掉在地下摔得粉碎。

「這一日他二人在堂上比武，我不敢再出去瞧，本來我一直盼望金面佛得勝，但臉上腫起處陣陣發疼，這時卻只想胡一刀給我報仇，在苗人鳳身上砍他媽的一兩刀。到得天黑，隔著板壁聽得金面佛說道：『胡兄，我原想今晚再跟你聯床夜話，只是生怕大嫂怪責。明晚倘若仍然不分勝敗，咱們再談一夜如何？』胡一刀哈哈大笑，叫道：『好，好。』

「金面佛辭去後，夫人斟了一碗酒，遞給胡一刀，說道：『恭喜大哥。』胡一刀接過碗來，一口喝乾了，笑道：『恭喜甚麼？』夫人道：『明天你可打敗金面佛了。』胡一刀愕然道：『我跟他拆了數千招，始終瞧不出半點破綻，明天怎能勝他？』夫人微笑道：『我卻看出了一點毛病。孩子，你爹才是打遍天下無敵手啊。』她最後一句話卻是向孩子說的。

「胡一刀忙問：『甚麼毛病？怎麼我沒瞧出來？』夫人道：『他這毛病是在背後，你跟他正面對戰，自然見不到。』胡一刀沉吟不語。夫人道：『你跟他連戰四天，我細細瞧他的劍路，果然門戶嚴密，沒分毫破綻。我看得又驚又怕，心想長此下去，你總有個疏神失手的時候，而他卻始終立於不敗之地。但到今日下午，我終於瞧出了他的毛病。他的劍法之中，你說那幾招最厲害？』胡一刀道：『厲害招數很多，好比洗劍懷中抱月、迎門腿反劈華山、提撩劍白鶴舒翅、沖天掌蘇秦背劍……』夫人道：『毛病就是出在提撩劍白鶴舒翅這一招上。』胡一刀道：『這一招以攻爲守，剛中有柔，狠辣得緊啊。』夫人道：『大哥，你用穿手藏刀、進步連環刀、纏身摘心刀這些招式時，他有時會用提撩劍白鶴舒翅反擊。但他在出這一招之前，背心必定微微一聳，似乎有點兒怕癢。』

「胡一刀奇道：『當眞如此？』夫人道：『今日他前後使了兩次，每次背心必聳。明日比武之時，我見到他背心一聳，立即咳嗽，那時你制敵機先，不待他這一招使出，搶先用八方藏刀式強攻，他非撒劍認輸不可。』胡一刀大喜，連叫：『妙計！』我聽了兩人說話，本該去通知金面佛，叫他提防，但一摸到臉上疼處，心想他打了我這一拳，使了如此重手，輸了也是活該。

「次日比武是第五天了，我臉上的腫稍稍退了些，又站在旁邊觀戰。這天上午夫人沒有咳嗽，想是金面佛沒使這招。中午吃飯之時，夫人給丈夫斟酒，連使幾個眼色，我在旁瞧得清楚，知是叫他誘逼金面佛使出此招，以便乘機取勝。胡一刀搖搖頭，似乎心中不忍。夫人指指孩子，將孩子在櫈上重重一摔，孩子大哭起來。我明白她用意，那是說你如比武失手，孩子沒了父親，他可得終身受苦了。胡一刀聽到孩子啼哭，緩緩點了點頭。

「午後兩人交手，拆了數十招。胡一刀猛砍幾刀，只聽得夫人咳嗽一聲，胡一刀眉頭微皺，不進反退，金面佛果然使了一招提撩劍白鶴舒翅。這一招我本來不識，但昨晚胡一刀與夫人研商定計之時，曾見夫人連使幾次。我心想：『夫人的眼光好厲害。』倘若胡一刀依她之計行事，此時已經勝了，但他竟臨時縮手，不是他起了惺惺相惜之意不忍傷害金面佛，便是覺得有人在旁相助，勝之不武。我忽然想起胡一刀曾囑咐夫人，將來孩子長大，要告訴他一句話，叫他心腸狠些硬些，看來胡一刀面貌雖然兇惡，心腸卻軟，事到臨頭，居然下不了手。

「夫人在孩子手臂上用力一捏，孩子大哭起來。刀劍叮噹相交聲中，雜著孩子的哭聲，忽聽得嘿的一響，夫人又是一聲輕咳。胡一刀踏上一步，八方藏刀式，刀光閃閃，登時把金面佛的劍路盡數封住。

「眼見得金面佛無法抵擋，他那招提撩劍白鶴舒翅只使得出半招。按那劍法，他右手一劍斜刺，左手上揚，就與白鶴將雙翅撲開來一般，但胡一刀搶了先著，金面佛雙手剛要展開，給他左右連環兩刀，金面佛這對臂膀，豈非自行送到刀上去給他砍了下來？

「豈知金面佛的武功當真出神入化，就在這危急之間，他雙臂一曲，劍尖斗然刺向自己胸口。胡一刀大吃一驚，只道他比武輸了，還劍自殺，忙叫道：『苗兄，不可！』

「殊不知金面佛的劍尖在第一日比武之時就已用手指拗斷了的，劍尖已是鈍頭，他再胸口一運氣，那劍刺在身上，竟反彈出來。這一招一來變化奇幻，二來胡一刀一心勸他不可自殺，絲毫沒防他竟是出奇制勝。金面佛突然鬆手，長劍一彈，劍柄蹦將出來，正好點在胡一刀胸口的『神藏穴』上。

「這『神藏穴』是人身大穴，一遭劍柄點中，胡一刀登時軟倒。金面佛伸手扶住，叫道：『得罪！』胡一刀笑道：『苗兄劍法，鬼神莫測，佩服，佩服！』金面佛道：『若非胡兄好意關心，此招何能得手？』兩人坐在桌邊一口氣乾了三碗燒酒。胡一刀哈哈一笑，提起刀來往自己頸中一抹，咽喉中噴出鮮血，伏桌而死。

「我驚得呆了，看夫人時，她臉上竟無悲痛之色，祇道：『苗大俠，請你稍待，我再餵一次奶，讓孩子吃得飽飽的。』走進房去，過了一頓飯時分，重又出來，在孩子臉上深深一吻，笑道：『他吃飽了睡著啦。』將孩子交給金面佛，道：『我本答應咱家大哥，要親手把孩子養大，但這五天之中，親見苗大俠肝膽照人，義重如山，你既答允照顧孩子，我就偷一下懶，不挨這二十年的苦楚了。』說著向金面佛福了幾福，拿過胡一刀的刀來，也是在頸上一割。夫妻倆並排坐在一條長櫈上，夫人拉著胡一刀的手，身子慢慢軟倒，伏在丈夫身上，就此不動了。我不忍再看，回過頭來，見苗大俠臂中抱著的孩子睡得正沉，小臉兒上似乎還露著一絲微笑。」

「客店後面是一條河，水流湍急。眼見血漬一直流到河邊，顯是孩子為人殺死，屍身投入河裏，登時讓水流沖走了。我爹爹又驚又怒，召攏一干人細細盤問，始終查不到兇手是誰。」

五

寶樹說完這故事，大廳中靜寂無聲。羣豪雖都心腸剛硬，但聽了胡一刀夫婦慷慨就死的事跡，不由得均感惻然。

忽聽一個女子的聲音道：「寶樹大師，怎麼我聽到的故事，卻跟你說的有點兒不同呢？」

眾人一齊轉過頭來，見說話的是苗若蘭。大家凝神傾聽寶樹述說，都沒留心她何時又回到了廳上。

寶樹道：「年代久遠，只怕有些地方是老衲記錯了。卻不知令尊是怎麼說？」苗若蘭道：「這件事爹爹曾原原本本對我說過。起先的事，也跟大師說的一樣，只胡一刀伯伯和胡伯母逝世的情景，卻與大師所說大不相同。」

寶樹臉色微變，「嗯」了一聲，卻不追問。田青文道：「苗姑娘，令尊怎麼說？」

苗若蘭從身邊一隻錦緞盒子中取出一根淡灰色線香，燃著了插入香爐。衆人隨即聞到一縷幽幽清香。苗若蘭臉上神色肅穆，說道：

「我從小見爹爹每到冬天，常常顯得鬱鬱不樂，不論我怎麼逗他歡喜，都難得引他發笑。每年快過年的時候，爹爹總要在一間小室裏供兩個神位，一個寫：『義兄胡公一刀大俠之靈位』，另一個寫：『義嫂胡夫人之靈位』，靈位旁邊還放了一柄單刀，這把刀生滿了鐵鏽，也沒甚麼特異。爹爹叫廚子做了滿桌菜，倒十幾碗酒，從十二月廿二起，一連五天，他每晚在靈位邊喝乾了這十幾碗酒，神情十分傷心，喝到後來，往往撫刀大哭。

「起初我問爹爹，靈位上那位胡伯伯是誰，爹爹總搖頭。有一年，爹爹說我年紀大了，能懂事啦，於是把他跟胡伯伯比武的故事說給我聽。比武的經過，寶樹大師說得很詳細了。

「爹爹跟胡伯伯一連比了四天，兩人越打越投契，誰也不願傷了對方。到第五天上，胡伯母瞧出爹爹背後的破綻，一聲咳嗽，胡伯伯立使八方藏刀式，將我爹爹制住。寶樹大師說我爹爹忽使怪招，勝了胡伯伯。但爹爹說的卻不是這樣。當時胡伯伯搶了先著，爹爹只好束手待斃，沒法還手。胡伯伯突然向後躍開，說道：『苗兄，我有一事不解。』爹爹說道：『是我輸了。你要問甚麼事？』

「胡伯伯道：『你這劍法反覆數千招，絕沒半點破綻，爲甚麼在使提撩劍白鶴舒翅這一招之前，背上卻要微微一聳，以致給內人看破？』爹爹嘆道：『先父教我劍法之時，督率極嚴。當我十一歲那年，先父正教到這一招，背上忽有蚤子咬我，奇癢難當。我不敢伸手搔癢，只好聳動背脊，想把蚤子趕開，但越聳越癢，難過之極。先父看到我的怪樣，說我學劍不用心，狠狠打了我一頓。這件事我深印腦海，自此以後，每當使到這一招，我背上雖然不癢，卻也習慣成自然，總是聳上一聳。尊夫人當眞好眼力。』胡伯伯笑道：『我有內人相助，不能算贏！接住了。』說著將手中單刀拋給爹爹。

「爹爹接了單刀，不明他用意。胡伯伯從爹爹手裏取過長劍，說道：『經過這四天的切磋，你我的武功相互都已了然於胸。這樣吧，我使苗家劍法，你使胡家刀法，咱倆再決勝負。不論誰勝誰敗，都不損了威名。』

「我爹爹一聽此言，已知他心意。我苗家與胡家累世深仇，是百餘年前祖宗積下來的。我爹爹跟胡伯伯以前從沒會過面，本身並無仇怨。江湖上固然很多人都說，我祖父和田歸農叔叔的父親突然同時不知所蹤，連屍骨也不得還鄉，都是胡一刀下的毒手，我爹爹卻將信將疑，素聞胡伯伯行俠仗義，所作所爲很令人佩服，似乎不致於暗算害人，只是幾番要和他相見，始終不能如願。田叔叔、范幫主曾邀爹爹同去遼東尋仇，我爹爹跟范幫主是交情很深的，可是一向不大瞧得起田叔叔的爲人。啊喲，田姐姐，對不起，您別見怪，這是我爹爹說的，他說他寧可自行其是，不願跟田叔叔聯手。這次聽得胡伯伯來到中原，這才受范田兩家之邀，到滄州攔住胡伯伯比武，但首先卻要向胡伯伯查問眞相。

「後來一問之下，我祖父與田公公果然是胡伯伯害的。我爹爹雖愛惜他英雄，但父仇不能不報。只我爹爹實不願讓這四家的怨仇再一代一代傳給子孫，極盼在自己手中了結這百餘年世仇，聽胡伯伯說要交換刀劍比武，正投其意。因爲若我爹爹勝了，那是他用胡家刀打敗苗家劍，若胡伯伯得勝，則是他用苗家劍打敗胡家刀。勝負只在他二人自己，不涉兩家武功威名。

「當下兩人換了刀劍，交起手來。這一場拚鬥，與四日來的苦戰又自不同。因兩人雖都是高手，但使的兵刃招數都不就手，何況自己所使的一招一式，對方無不爛熟於胸，要憑這四天之中從對方學來的武功克敵制勝，當眞談何容易？我爹爹說，這一天的激戰，是他生平最凶險的一次。胡伯伯貌似粗魯，其實聰明之極，將苗家劍法施展開來，竟似下過數年苦功一般，單以他用苗家劍破去山東大豪商劍鳴的八卦刀，就可想見其餘。我爹爹悟性沒胡伯伯高，幸好他十八般武藝件件皆通，胡家刀法雖是初見，但少年時曾練過單刀，總算在這點上佔了便宜，因此還可跟他打成平手。

「鬥到午後，兩人各走沉穩凝重的路子，出手越來越慢。胡伯伯忽道：『苗兄，你這招閉門鐵扇刀，還是使得太快了些，勁力不長。』我爹爹道：『多承指教，我只道已夠慢了。』兩人全神拚鬥，對方招數若有不到之處，卻相互開誠指點，毫不藏私。翻翻滾滾，又戰數百回合，兩人招數漸臻圓熟。

「我爹爹見他的苗家劍法越使越精，暗暗驚心，尋思：『他學劍的本事比我學刀的本事好，時刻一長，我少年時所練的刀法根基就要不管用，須得立時變招，否則必敗無疑。』當下使一招『沙鷗掠波』，本來是先砍下手刀，再砍上手刀，但我爹爹故意變招，先砍上手刀，再砍下手刀。

「胡伯伯一怔，剛說得聲：『不對！』我爹爹叫道：『看刀！』單刀陡然翻起，第二刀下手刀竟又變爲上手刀。這是他自創的刀法，雖脫胎於胡家刀法，但新奇變幻，令人難測。倘若跟他對戰的是另一個高手，多半能避過這招，偏偏胡伯伯熟知胡家刀法，萬料不到我爹爹臨時變招，新創一式，一個措手不及，我爹爹的刀鋒已在他左臂上劃了一道口子。

「旁觀衆人一齊驚呼，胡伯伯驀地飛出一腿，我爹爹一交摔出，跌在地下，再也爬不起來，原來已遭踢中了腰間的『京門穴』。

「范幫主、田相公和其他的漢子一齊搶上。胡伯伯拋去手中長劍，雙手忽伸忽縮，抓住眾人一一擲了出去，隨即扶起我爹爹，解開他穴道，笑道：『苗兄，你自創新招，果然厲害。只是我這胡家刀法，每一招都含有後著，你連砍兩招上手刀，腰間不免露出空隙。』

「我爹爹默然不語，腰間陣陣抽痛，話也說不出口。胡伯伯又道：『若非你手下容情，我這條左膀已讓你卸了下來。今日咱們只算打成平手，你回去好好安睡，明日再比如何？』我爹爹忍痛道：『胡兄，我出刀時固略有容讓，但即令砍下你左臂，你這一腿仍能致我死命。瞧你這般爲人，決不能暗害我爹爹。我要再問一次，到底我爹爹是怎樣死的？』胡伯伯臉上露出驚詫之色，道：『我不是跟你說得明明白白了麼？你不相信，定要動武。我只好捨命陪君子。』

「我爹爹大是詫異，問道：『你跟我說了？幾時說的？』胡伯伯轉過頭來，指著旁邊一人道：『你……你……』只說得兩個『你』字，忽然雙膝一軟，跪倒在地。我爹爹大驚，忙伸手扶起，只見他臉色大變，叫道：『好、好、你……』頭一垂，竟自死了。

「我爹爹驚異萬分，心想他身子壯健，手臂上輕輕劃破一道口子，如何能夠致命？抱著他身子，連叫：『胡兄，胡兄。』但見他臉頰漸漸轉成紫色，竟是中了劇毒之象，忙撕開他衣袖，但見一條手臂已腫得粗了一倍，傷口中流出的都是黑血。

「胡伯母又驚又悲，拋下手中孩子，拿起那柄單刀細看。那時我爹爹也知是刀口上餵了劇毒的藥物。胡伯母見我爹爹沉吟不語，說道：『苗大俠，這柄刀是咱家大哥向你朋友借來使的。他固不知刀上有毒，諒你也不知情，否則這等下流兵刃，你兩人怎能用它？這是命該如此，怪不得誰。我本答應咱家大哥，要親手把孩子養大，但這五日之中，親見苗大俠肝膽照人，義重如山，你既答允照顧孩子，我就偷一下懶，不挨這二十年的苦楚了。』說著橫刀在頸中一割，立時死去。

「我親聽爹爹述說，胡伯伯逝世的情形是這樣。但寶樹大師說的竟然大不相同。雖事隔二十餘年，或有記不週全之處，但想來不該差太多，卻不知是甚麼緣故？」

寶樹搖頭嘆息，說道：「令尊當時身在局中，全神酣鬥，只怕未及旁觀者看得清楚，也是有的。」苗若蘭「嗯」了一聲，低頭不語。

忽然旁邊一個嘶啞聲音道：「兩位所說不同，只因為有一個是故意說謊。」

衆人聽得這聲音突如其來，一齊轉過頭去，見說這話的是那臉有刀疤的獨臂僕人。

寶樹見苗若蘭意態閒逸，似漫不在意，雖聽那僕人說話無禮，但自己身為外客，一時也不便發作。曹雲奇最是魯莽，搶先問道：「是誰說謊了？」那僕人道：「小人是低三下四之人，如何敢說？」苗若蘭道：「若是我說得不對，你不妨明言。」

那僕人道：「適才大師與姑娘所說之事，小人當時也曾親見，各位要是不嫌聒噪，小人也來說說。」

寶樹喝道：「你當時也曾親見？你是誰？」那僕人道：「小人認得大師，大師卻認不得小人。」寶樹鐵青了臉，厲聲喝問：「你是誰？」

那僕人不答，卻向苗若蘭道：「姑娘，只怕小人要說的話，難以講得周全。」苗若蘭道：「爲甚麼？」那僕人道：「只消說得一半，小人的命就不在了。」苗若蘭向寶樹道：「大師，此刻在這峯上，一切由你作主。你是武林前輩，德高望重，只要你老人家一句話，沒人敢傷他性命。」

寶樹冷笑道：「苗姑娘，你是激我來著？」那僕人搶著道：「小人自己死活，倒也沒放在心上，就只怕我所知道的事沒法說完。」

苗若蘭微一沉吟，指著那副木板對聯的下聯，道：「勞駕你除下來。」那僕人不明她用意，但依言將木聯除下，放在她面前。苗若蘭道：「你瞧清楚了，這上面寫著我爹爹的名字。你將這木聯抱在手裏，儘管放膽而言。如有人傷了你一根毛髮，就是有意跟我爹爹過不去。」眾人相互望了一眼，心想他如以金面佛作護符，還有誰敢加害？

那僕人臉露喜色，微微一笑，只這一笑牽動臉上傷疤，更顯詭異，當下左臂將木聯牢牢抱住。

寶樹坐回椅中，凝目瞪視，回思二十七年前之事，始終想不起此人是誰。

苗若蘭道：「你坐下了好說話。」那僕人道：「小人站著說的好。請問姑娘，胡一刀大爺遺下的那個孩子，後來怎樣了？」

苗若蘭輕輕嘆息，道：「我爹爹見胡伯伯、胡伯母都死了，心中十分難過，望著兩人屍身，呆了半天，跪下拜了八拜，說道：『胡兄、大嫂，你夫婦儘管放心，我必好好撫養令郎。』拜罷起身，回頭去抱孩子，不料竟抱了個空。我爹爹大驚，急忙詢問，可是大家都瞧著胡伯伯夫婦之死，誰也沒留心孩子。我爹爹忙叫大家趕快追尋。他忍住腰間疼痛，親自在客店前後查問，忽聽得屋後有孩子啼哭，聲音洪亮。我爹爹大喜，急奔過去，那知他腰間中了胡伯伯這一腿，傷勢不輕，猛一用力，竟摔在地下爬不起來。

「待得旁人扶他起身，趕到屋後，只見地下一片鮮血，還有孩子的一頂小帽，孩子卻已不知去向。客店後面是一條河，水流湍急。眼見血漬一直流到河邊，顯是孩子為人殺死，屍身投入河裏，登時讓水流沖走了。我爹爹又驚又怒，召攏一干人細細盤問，始終查不到兇手是誰。

「這件事他無日不耿耿於懷，立誓要找到那殺害孩子之人。那一年我見他磨劍，他說須得再殺一人，就是要殺那個兇手。我對爹爹說，或許孩子給人救去，活了下來，也未可知。我爹爹雖說但願如此，然心中卻絕難相信。唉，這可憐的孩子，我真盼他好好的活著。有一次爹爹對我說：『孩兒，我愛你勝於自己性命。但若老天許我用你去掉換胡伯伯的孩子，我寧可你死了，胡伯伯的孩子卻活著。』」

那僕人眼圈一紅，聲音哽咽，道：「姑娘，胡一刀大爺、胡夫人地下有靈，一定感激你父女高義。」

于管家本來以爲他是苗若蘭帶來的男僕，但瞧他神情，聽他言語，卻越來越覺不似，正想出言相詢，卻聽他說起故事來，見衆人靜坐傾聽，也不便打斷他話頭。

只聽他說道：「二十七年之前，我是滄州那小鎮上客店中灶下燒火的小廝。那年冬天，我家中遭逢大禍。我爹爹三年前欠了當地趙財主五兩銀子，利上加利，一年翻一番，過得三年，已算成四十兩。趙財主把我爹爹抓去，逼迫立下文書，要把我媽賣給他做小老婆。我爹自然說甚麼也不肯，便給財主的狗腿子拷打得死去活來。我爹回得家來，跟媽商量，這四十兩銀子再過一年，就變成了八十兩，這筆債咱們是一輩子還不起的了。我爹媽就想圖個自盡，死了算啦，卻又捨不得我。三個人只抱著痛哭。我白天在客店裏燒火，晚上回家守著爹媽，心裏擔驚受怕，生怕他倆尋了短見，丟下我一人孤另另的在這世上。

「一晚店中來了好多受傷的客人，灶下事忙，店主不讓我回家。第二日胡一刀大爺來了，他夫人生了位少爺，要燒水燒湯，店主更不許我回家去。我牽記爹媽，毛手毛腳的撞爛了幾隻碗，又給店主打了幾巴掌。我獨自個躲在灶邊偷偷的哭。胡大爺走過廚房，聽到我哭聲，就進來問我甚麼事。我見他生得兇惡，不敢說話。他越問，我越哭得厲害。後來他和和氣氣的好言好語，我才把家裏的事跟他說了。

「胡大爺很生氣，說道：『這姓趙的如此橫行霸道，本該去一刀殺了，只是我有事在身，沒功夫跟他算帳。我給你一百兩銀子，你去拿給你爹，讓他還債，餘下的錢好好過日子，可千萬別再借財主的債了。』我只道他說笑話哄我，那知他當眞拿了五隻大元寶給我。我那裏敢拿？胡大爺道：『我今日生了兒子，我很疼他憐他，將心比心，你爹媽疼你也是這般。你快回家去。我跟店主說，是我叫你回家的，他不敢難爲你。』

「我仍呆呆望著他，心裏撲通撲通直跳，不知如何是好。胡大爺拿了一塊包袱，把五隻大元寶包了，給我縛在背上，再在我屁股上輕輕踢了一腳，笑道：『傻小子，還不給我快滾！』

「我胡裏胡塗的奔回家去，跟爹媽一說。三個人樂得瘋了，眞難相信天下有這等好人，說是做夢罷，白花花的五隻大元寶明明放在桌上。我媽和我扶著爹到客店去，要向胡大爺磕頭道謝。他連連搖手，說生平最不愛別人謝他，將我們三個推了出來。

「我和爹媽正要回去，忽聽馬蹄聲響，幾十個人趕來客店，原來是胡大爺的仇家。我不放心，讓爹媽先回家，自己留著要瞧個究竟。我想胡大爺救了我一家三口的命，只要有用得著我的，水裏就水裏去，火裏就火裏去，決不能皺一皺眉頭。

「金面佛苗大俠跟胡大爺坐著面對面喝酒，胡大爺捨不得兒子這些情形，寶樹大師說得一點不錯。只是他卻不知道，那跌打醫生在隔房聽胡大爺夫婦說話，卻教一個灶下燒火的小廝全瞧在眼裏。」

他說到這裏，寶樹猛地站起，指著他喝道：「你到底是誰？受誰指使在這裏胡說八道？」

那僕人不動聲色，淡淡的道：「我叫平阿四。我識得跌打醫生閻基，那跌打醫生閻基，自然不識得我這燒火的小廝癩痢頭阿四。」

寶樹聽到他說起「閻基」二字，臉上立時變色，依稀記得當年那小客店之中，果似有個癩痢頭小廝，只是他的面貌神情當日就未留意，此時更半點也記不起了。他向平阿四懷中抱著的木聯狠狠瞪了一眼，「呸」了一聲。

平阿四道：「我半夜裏實在放心不下，走到他房外，卻見到隔房窗子上映出一個黑影。我走過去往窗縫裏一張，原來是那跌打醫生閻基將耳朵湊在板壁上，在偷聽胡大爺夫婦說話。我正想去跟胡大爺說，胡大爺卻走到閻基房裏來了，跟他說了很多很多話。這些話寶樹大師始終沒跟各位提起一字半句，不知是甚麼緣故。

「胡大爺的話很長，自然有些我聽了不懂，但我明白，胡大爺是派那閻基第二天去跟金面佛苗大俠解釋幾件事。這些事情牽連重大，本來不該讓一個不相干的外人去說。

只胡夫人剛生了孩子，不能走動。胡大爺又脾氣暴躁，若親自去向對頭言講，勢必跟范幫主、田相公他們起了爭執，一個說不明白，到頭來還是動刀動槍，說與不說，都是一般，沒奈何只得讓閻基去傳話。適才寶樹大師說道，胡大爺派他送信去給金面佛，事成之後必有重謝，這話就不對了。想送一封信輕而易舉，何必重謝？何必夫婦倆商量半日？寶樹大師或許忘了胡大爺當時的說話，我卻一句也沒忘記。」

眾人聽了這番話，才知寶樹出家之前的俗家姓名叫作閻基。瞧他兩人神情，寶樹與胡一刀之死必有重大關連，而他先前的話中也必有甚多不盡不實之處。各人好奇心起，都盼平阿四揭破這個疑團，但又怕他當眞說出甚麼重大秘密，寶樹老羞成怒，突施毒手，這雪峯上可沒一人是他對手，難以阻攔。縱然日後金面佛找到寶樹算帳，但平阿四一死，這秘密只怕永遠隨他而逝了。

各人都代平阿四擔心，但他自己卻神色木然，毫無懼意，竟似有恃無恐，只聽他說道：「胡大爺跟閻基說話之時，我就站在閻基窗外。我倒不是有心想偷聽胡大爺說話，只是我知這跌打醫生一向奉承那欺侮我爹媽的趙財主，實在不是好人，只怕胡大爺上了他當。那時我年輕識淺，胡大爺的話是不大明白，但一字一句，卻都記在心裏，等我後來年紀大了，慢慢也都懂了。

「那一晚胡大爺叫閻基去說三件事。第一件說的是胡苗范田四家上代結仇的緣由。

第二件說的是金面佛父親與田相公父親的死因。第三件則是關於闖王軍刀之事。」

衆人一齊轉頭，向桌上的軍刀望了一眼，欲知之心更加迫切。

平阿四道：「胡苗范田四家上代爲甚麼結仇，苗姑娘已經說了，只是中間另有一個重大秘密，卻非外人所知，連苗大俠也至今不知。這秘密起因於李闖王大順永昌二年，那年是乙酉年，也就是順治二年，當時胡苗范田四家祖宗言明，倘若清朝不亡，須到一百年後的乙丑年，方能洩漏這個大秘密。乙丑年是乾隆十年，距今已有三十餘年，因此當二十七年前胡大爺跟閻基說話之時，百年期限已過，這個大秘密已不須隱瞞了。

「這個秘密，果然牽連重大。原來當日闖王兵敗九宮山，他可沒死！」

此言一出，衆人都是一震，一齊站起身來，不約而同的問道：「甚麼？」只寶樹端坐無異，顯然早已知曉，不爲所動。

平阿四道：「不錯，闖王沒死。只不過當時清兵重重圍困，委實難以脫身。苗范田三名衛士衛下山去求救，援兵遲遲不至，敵軍卻愈迫愈近。眼見手下將士死的死，傷的傷，再也抵擋不住了，闖王心灰意懶，舉起軍刀便要橫刀自刎，卻給那號稱飛天狐狸的姓胡衛士攔住。

「姓胡的衛士情急之下，生了一計，從陣亡將士之中撿了一個和闖王身材大小相仿的屍首，換上闖王的黃袍箭衣，將闖王的金印掛在屍首頸中。他再舉刀將屍首面貌砍得稀爛，叫人難以辨認，親自背負了屍首，到清兵營中投降，說已將闖王殺死，特來請功領賞。這是一件何等大功，敵將呈報上去，自會升官封爵，莫說絲毫沒疑心是假，即令有甚懷疑，也要極力蒙蔽掩飾，以便領功升官。假闖王一死，敵軍即日解了九宮山之圍。眞闖王早已易容改裝，扮成平民，輕輕易易的脫險下山。唉，闖王是脫卻了危難，這位飛天狐狸可就大難臨頭了。

「那飛天狐狸行這計策，用心確實是苦到了極處。江湖上英雄好漢，爲了『俠義』二字，給好朋友兩脅插刀原非難事，可是他爲了相救闖王，不但要委屈萬分的投降敵人，還得甘冒一個賣主求榮的惡名。想那飛天狐狸本來名震天下，武林人物一提到他名頭，無不翹起大拇指讚一聲：『好漢子！』現下要他自污一世英名，那可比慷慨就義難上萬倍了。

「他投降吳三桂後，在這漢奸手下做官。他智勇雙全、精明能幹，極得吳三桂信任。他想闖王大順國的天下，硬生生斷送在吳三桂手裏，此仇不報，非丈夫也。他如要刺死吳三桂，原只一舉手之勞，可是飛天狐狸智謀深沉，豈肯如此輕易了事？數年之間，他不露痕跡的連使巧計，安排下許多事端，一面使滿清皇帝對吳三桂大起疑心，另一面讓吳三桂心不自安，到頭來不得不舉兵謀反。他將吳三桂在雲南招兵買馬、跋扈自大、圖謀造反的種種事跡和眞憑實據，暗中稟報清廷，而清廷對平西王諸般猜忌防範的手段，他又刺探了去告知吳三桂。

「如此不出數年，吳三桂勢在必反。那時天下大亂，滿清大傷元氣，自是闖王復國的良機。即令吳三桂的反叛迅即敉平，闖王復國不成，但吳三桂也非滅族不可，這比刺死他一個人、而死後受清廷榮謚厚卹，自是好得多了。

「當那姓苗、姓范、姓田三個結義兄弟到昆明去行刺吳三桂之時，飛天狐狸的計謀正已漸有成效，因此他在危急中出來攔阻，免得那三人壞了大事。

「那年三月十五，他與三個義弟會飲滇池，正要將闖王未死、吳三桂將反的種種事跡直說出來，那知三個義弟忌憚他功夫了得，不敢與他多談，乘他一個措手不及便將他殺死。飛天狐狸臨死之際，流淚說道：『可惜我大事不成。』便是指的此事。他又道：『大王是在石門峽……』原來闖王逃下九宮山後，到了湖南省石門縣夾山普慈寺出家，法名叫作奉天玉和尚。闖王一直活到康熙甲辰年二月，到七十歲高齡方才逝世。闖王起事之時，稱爲『奉天倡義大元帥』，他的法名其實是『奉天王』，爲了隱諱，才在『王』字中加了一點，成爲『玉』字。」

衆人聽苗若蘭先前所述故事，只道飛天狐狸奸惡無比，那知中間另有如此重大秘密，只是過於駭人聽聞，一時實難置信。

平阿四見衆人將信將疑，苗若蘭臉上也有詫異之色，接著道：「苗姑娘，你先前說道，飛天狐狸的兒子三月十五那天找到三位結義叔叔家裏，跟他們在密室中說了一陣子話，那三人就出來當眾自刎。你道在那密室之中，四人說了些甚麼話？」苗若蘭道：「莫非那兒子將飛天狐狸的苦心跟三位叔叔說了？」

平阿四道：「是啊，這三人若不是自恨殺錯了義兄，怎能當眾自刎？可是那時闖王尚在人世，這機密萬萬洩漏不得。只可惜這三人雖心存忠義，性子卻過於鹵莽，殺義兄已是錯了，當眾自殺卻又快了一步，事先又沒囑咐眾子弟不得找那姓胡的兒子報仇，當時定是悲痛悔恨已極，再也想不到其餘，以致一錯再錯。胡苗范田四家，從此世世代代，結下深仇大怨。

「那兒子與三位叔叔在密室中言明，這秘密必須等到一百年之後的乙丑年，方能公之於世。那時闖王壽命再長，也必已逝世。如果洩漏早了，清廷必定大舉搜捕，自會危及闖王性命。胡家世代知道這秘密，苗范田三家卻不知曉。待得傳到胡一刀大爺手裏，百年之期已過，於是他命那跌打醫生閻基去對金面佛說知此事。

「那第二件事，說的是金面佛之父與田相公之父的死因。在苗胡二位拚鬥的十餘年前，這姓苗姓田的兩位上輩同赴關外，從此影蹤全無。

「這兩人武藝高強，名震江湖，如此不明不白的死了，害死他們的定是大有來頭之人。胡大爺向在關外，胡家與苗田兩家又是世仇，任誰想來，都必是他下的毒手。金面佛與田相公分別查訪了十餘年，查不出半點端倪，連胡大爺也始終見不到一面。金面佛無法可施，這才大肆宣揚他『打遍天下無敵手』的七字外號，好激胡大爺進關。胡大爺明白他的用意，卻不理會，一面也在到處尋訪苗田兩位上輩，心想只有訪到這兩人的下落，方能與金面佛相見，洗刷自己的冤枉。

「皇天不負苦心人，他訪查數年，終於得知二人確息。胡夫人這時已懷了孕，她是江南人，臨到生育之時，忽然思鄉之情深切。胡大爺體貼夫人，便陪了她南下。行到唐官屯，他先與范田二人的手下動上了手，後來又遇到金面佛。胡大爺命閻基去跟他說，待胡大爺送夫人回歸故鄉之後，可親自帶他去迎回父親屍首，他父親如何死法，一看便知。只苗田這兩位上輩死得太也不夠體面，胡大爺不便當面述說，只好領他們親自去看。

「第三件事，則是關涉到闖王的那柄軍刀了。這柄軍刀之中藏著一個極大寶藏，黃金白銀不必說，奇珍異寶也不計其數。」

眾人大奇，心想這柄軍刀之中連一隻小元寶也藏不下，最多藏得一兩粒珍珠、鑽石，說甚麼奇珍異寶不計其數？

只聽平阿四道：「那天晚上，胡大爺跟閻基說了這回事的緣由。闖王破了北京之後，明朝的皇親國戚、大臣大將盡數投降。這些人無不家資豪富，闖王部下的將領逼他們獻出金銀珠寶贖命。數日之間，財寶山積，那裏數得清了？後來闖王退出北京，派了親信將領，押著財寶去藏在一個極隱僻的所在，以便將來捲土重來之時作爲軍餉。闖王聰明智慧，精通兵法，對親信說道：『孫子兵法有云：「投之亡地然後存，陷之死地然後生。」敵人最料不到的地方，是最安全的地方。』他深入險地，竟將財寶去藏在滿清人的根本腹地，滿清要探尋闖王的遺藏，只能到山西、陝北去找，無論如何想不到是在自己女眞人的老家。他將藏寶的所在繪成一圖，而看圖尋寶的關鍵，卻置在軍刀之中。

「九宮山兵敗逃亡，闖王將藏寶之圖與軍刀都交給了飛天狐狸。後來飛天狐狸遭難，一圖一刀落入三位義弟手中，但不久又爲飛天狐狸的兒子奪去。百年來輾轉爭奪，終於軍刀由天龍門田氏掌管，藏寶之圖卻由苗家家傳。只苗田兩家不知其中有這樣一個大秘密，是以沒去發掘寶藏。這秘密由胡家世代相傳，可是姓胡的沒軍刀、地圖，自也沒法找到寶藏。

「胡大爺將這事告知金面佛，請他去掘出寶藏，救濟天下窮人，甚而用這筆大財寶來大舉起事，驅逐旗人出關，還我漢家河山。

「胡大爺所說這三件事，沒一件不是關係極大。金面佛得知之後，何以仍來找他比武，非拚個你死我活不可，胡大爺直到臨死，仍然不解。只怕金面佛枉稱大俠，是非曲直，卻也辨不明白；又或因這三件事聽來都希奇古怪，太過不合情理，金面佛一件都不相信，亦未可知。」說到這裏，神色黯然，長長嘆了一口氣。

陶百歲一直在旁傾聽，默不作聲，此時忽然插口說道：「金面佛何以仍要找胡一刀比武，其中原因我卻明白。此事暫且不說。我問你，你到這山峯上來幹甚麼？」這正是衆人心中欲問之事。平阿四凜然道：「我是爲胡大爺報仇來的。」陶百歲道：「報仇？找誰報仇？」平阿四冷笑一聲，道：「找害死胡大爺的人。」

苗若蘭臉色蒼白，低聲道：「你要找我爹爹嗎？」平阿四道：「害死胡大爺的不是金面佛，是從前叫做跌打醫生閻基、現下出了家做和尙、叫作寶樹的那人。」衆人大爲奇怪，均想：「胡一刀怎會是寶樹害死的？」

寶樹長身站起，哈哈大笑，道：「好啊，你有本事就來殺我。快動手吧！」平阿四道：「我早已動了手，從今天算起，管教你活不過七日七夜。」

衆人一驚，均想不知他怎生暗中下了毒手？寶樹不禁暗暗心驚，嘴上卻硬，罵道：「憑你這點臭本事，也能算計於我？」平阿四厲聲道：「不但是你，這山峯上男女老幼，個個活不過七日七晚！」

衆人都是一驚，或愕然離座，或瞪目欠身。各人自上雪峯之後，一直心神不安，平阿四此言雖似荒誕不經，但此時聽來，無不爲之聳然動容。

寶樹厲聲道：「你在茶水點心中下了毒藥麼？」平阿四冷然道：「倘若叫你中毒，

死得太快，豈能這等便宜？我要叫你慢慢餓死。」曹雲奇、陶百歲、鄭三娘等一齊叫道：「餓死？」

平阿四不動聲色，淡然而言：「不錯！這峯上本有十天的糧食，現下卻一天也沒有了，都給我倒下山峯去了。」

衆人驚叫聲中，寶樹突施擒拿手抓住他左臂。平阿四毫不抗拒，微微冷笑。曹雲奇與周雲陽伸臂握拳，站在他身前，只想發拳毆擊。

于管家急奔入內，過了片刻，回到大廳，臉色蒼白，顫聲道：「莊子裏的糧食、牛肉羊肉、鷄鴨、蔬菜，果眞……果眞一古腦兒，都……都給這廝倒下了山峯。」

只聽砰的一響，曹雲奇一拳打在平阿四胸口。這一拳勁力好大，平阿四哇的一聲，吐出一口鮮血，但仍微微冷笑，竟沒半點懼色。

寶樹道：「糧倉和廚房裏都沒人麼？」于管家道：「有三個幹粗活的，都讓這廝給綁了。唉，先前那兩個小鬼在廳上鬧事，大夥兒都出來觀看，誰知是那雪山飛狐的調虎離山之計。苗姑娘，我們只道這廝是您帶來的下人。」苗若蘭搖頭道：「不是。我卻當他是莊上管家。」寶樹道：「吃的東西一點都沒留下麼？」于管家慘然搖頭。

曹雲奇舉起拳頭，又要搥將下去。苗若蘭道：「且慢，曹大爺，你忘了我說過的話。」曹雲奇愕然不解，拳頭舉在半空，卻不落下。苗若蘭道：「他抱著我爹爹的名號，我說過誰也不許傷他。」曹雲奇道：「咱們大夥兒性命都要送在他手裏，你……你仍然……」

苗若蘭搖頭道：「死活是一回事，說過的話，可總得算數。這人把峯上的糧食都拋了下去，大家固然要餓死，他自己可也活不成。一個人拚著性命來做一件事，總有重大之極的原因。寶樹大師，曹大爺，生死有命，著急也沒用。且聽他說說，到底咱們是否當眞該死。」她說得心平氣和，但言語中隱然蓄有一股極大力量，衆人均覺無可奈何，寶樹竟就此放開了平阿四的手臂，曹雲奇也自氣鼓鼓的歸座。

苗若蘭道：「平爺，你要讓大夥兒一齊餓死，這中間的原因，能不能給我們說說？你是爲胡一刀伯伯報仇，是不是？」

平阿四道：「你稱我平爺可不敢當。我這一生之中，只有稱別人做爺的份兒，可沒福氣受人家這麼稱呼。苗姑娘，當年胡大爺給我銀子，救了我一家三口性命，我自是感激萬分。可是有一件事我是同樣的感激。你道是甚麼事？人人叫我癩痢頭阿四，輕我賤我，胡大爺卻叫我『小兄弟』，一定要我叫他大哥。我平阿四向來給人呼來喝去，胡大爺卻跟我說，世人並沒高低，在老天爺眼中看來，人人都是一般。我聽了這番話，就似一個盲了十幾年眼的瞎子，忽然間見到了光明。我遇到胡大爺只不過一天，心中就將他當作了親人，敬他愛他，便如是我親生爹娘一般。

「胡大爺和金面佛接連打了幾天，始終不分勝敗，我自然很為胡大爺躭心。到最後一天相鬥，胡大爺受了毒刀之傷而死，胡夫人也自殺殉夫，那情形正如苗姑娘所說。我親眼目睹，當時情景，決不會忘了半點。閻大夫，那天你左手挽了藥箱，背上包裹中裝著十多錠大銀，是也不是？那天你穿一件青布面的老羊皮袍，頭上戴一頂穿了窟窿的煙黃氈帽，是也不是？」

寶樹鐵青著臉，拿著念珠的右手微微顫動，雙目瞪視，一言不發。

平阿四又道：「早一日晚上，胡大爺和金面佛同榻長談，閻大夫在窗外偷聽，後來給金面佛隔窗打了一拳，只打得眼青鼻腫，滿臉鮮血。他說他挨打之後，就去睡了。可是，我瞧見他在睡覺之前，還做了一件事。胡大爺與金面佛同房而睡，兩人光明磊落，把兵刃都放在大廳之中。閻大夫從藥箱裏取出一盒藥膏，悄悄去塗在兩人的刀劍之上。那時候我還是個十多歲的孩子，毫不懂事，一點也沒知他是在暗使詭計，直至胡大爺受傷中毒，我才想到閻大夫在兩人兵刃上都塗了毒藥，他是盼望苗胡二人同歸於盡。唉，閻大夫啊閻大夫，你當眞好毒的心腸啊！

「他要金面佛死，自然是為了報那一拳之恨。可是胡大爺跟他往日無冤，近日無仇，他幹麼在金面佛的劍上也要塗上毒藥？我當時不明白，後來年紀大了，才猜到了他的心意。哼，此人原來是為了圖謀胡大爺那隻鐵盒。

「閻大夫說他不知那鐵盒中裝著何物，那是說謊。他是知道的。胡大爺將鐵盒交給夫人之時，把盒中各物一起倒在桌上，滿桌耀眼生光，都是珍珠寶物。胡大爺說道：『妹子，你一身本事，但有所需，貪官土豪家中的金銀，自是手到拿來。只出手多了，難免有差失之時，我……我……』夫人道：『大哥放心。你如有不測，我一心一意撫養孩子，這些珠寶慢慢變賣，也儘夠母子倆使一輩子的了。我不再跟人動刀動槍，也不再施展空空妙手如何？』

「胡大爺大笑叫好，拿起一本書來，說道：『這一本拳經刀譜，是我高祖親手所書。』夫人接過了，笑道：『好啊，飛天狐狸一身的本事都寫在這裏。你瞞得好穩啊，連我也不讓知道。』胡大爺笑道：『我祖宗遺訓是傳子不傳女，傳姪不傳妻，這才叫作胡家刀法啊。』夫人笑道：『待孩子識了字，讓他自看，我決不偷學就是。』胡大爺嘆了口氣，將各物都收入鐵盒，再將盒子放在夫人枕頭底下。

「後來我見夫人自盡，忙奔到她房中，那知閻大夫已先進了房。我心中怦怦亂跳，忙躲在門後，見閻大夫左手抱著孩子，右手從枕頭底下取出鐵盒，依照胡大爺先前開盒的法子，在盒子四角撳了三撳，又在盒底一按，盒蓋便彈了開來。他取出珍珠寶物把玩，饞涎都掉了下來，將孩子往地下一放，又從盒裏取出拳經刀譜來翻看。孩子沒人抱了，放聲大哭。閻大夫怕人聽見，隨手在炕上拉過棉被，將孩子沒頭沒腦的罩住。

「我大吃一驚，心想時候一長，孩子不悶死才怪，念及胡大爺待我的好處，非要搶救孩子不可。只是我年紀小，又不會武藝，決不是閻大夫的對手，見門邊倚著一根大門閂，便悄悄提在手裏，躡手躡腳走到他身後，在他後腦上猛力打了一棍。

「這一下我是出盡了平生之力，閻大夫沒提防，哼也沒哼一聲，便俯身跌倒，珠寶摔得滿地。我忙揭開棉被，抱起孩子，心想這裏個個是胡大爺的仇人，得將孩子抱回家去，給我媽撫養。我知那本拳經刀譜干係重大，不能落入旁人手中，便到閻大夫手中去拿。那知他暈去時牢牢握著，我心慌意亂，用力一奪，竟將拳經刀譜的前面兩頁撕了下來，留在他手中。只聽得門外人聲喧嘩，苗大俠在找孩子，我顧不得去撿珠寶，抱了孩子溜出後門，要逃回家去。

「從那時起直到今日，我沒再見閻大夫的面，豈知他竟會做了和尚。是不是他自覺罪孽深重，因而出家懺悔呢？他偷得了拳經的前面兩頁，居然練成一身武藝，揚名江湖。他只道這世上再沒人知道他來歷，想不到當日腦後打他一門閂那人，現今還好好活著。閻大夫，你轉過身來，讓大夥兒瞧瞧你腦後的那個傷疤，這是當年一個灶下燒火小廝一門閂打的啊。」

寶樹緩緩站起。眾人屏息以觀，心想他勢必出手，立時要了平阿四的性命。那知他只唸了兩聲「阿彌陀佛」，伸手摸了摸後腦，又坐回椅上，說道：「二十七年來，我一直不知是誰在我後腦打了這一記冷棍，老是納悶。這個疑團，今日總算揭破了。」眾人萬料不到他竟會直承此事，都大感詫異。

苗若蘭道：「那個可憐的孩子呢？後來他怎樣了？」

平阿四道：「我抱著孩子溜出後門，只奔了數步，身後有人叫道：『喂，小癩痢，把孩子抱回來！』我不理會，奔得更快。那人咒罵幾句，趕上來一把抓住我手臂，就要搶奪孩子。我急了，在他手上用力咬了一口，只咬得他滿手背都是血……」

曹雲奇突然衝口而出：「是我師父！」田青文橫了他一眼。曹雲奇好生後悔，但話已出口，難以收回，見眾人都望著自己，心裏很感不安。

平阿四道：「不錯，是田歸農田相公。他手背上一直留下牙齒咬的傷痕。我猜他也不會跟你們說是誰咬的，更不會說爲了甚麼才給咬的。」

田青文、阮士中、曹雲奇、周雲陽四人相互對視了一眼，都想田歸農手背上齒痕甚深，果然從來不曾說起過原因。

平阿四又道：「我這一咬是拚了性命，田相公武功雖高，只怕也痛得難當。他拔出劍來，在我臉上砍了一劍，又一劍將我的右臂卸了下來。他盛怒之下，飛起一腿，將我踢入河中。我一臂雖斷，另一臂卻仍牢牢抱著那孩子。」

苗若蘭低低的「啊」了一聲。平阿四道：「我掉入河中時早痛得人事不知，待得醒轉，卻躺在一艘船上，原來給人救了上來。我大叫：『孩子！孩子！』船上一位大娘說道：『阿彌陀佛！總算醒過來啦。孩子在這裏。』我抬頭看去，卻見她抱著孩子在餵奶。後來才知道，我給救上船到醒轉，已隔了六日六夜。那時我離家鄉已遠，又怕胡大爺的仇人害這孩子，從此不敢回去。聽苗姑娘說來，苗大俠只當這孩子已經死了。」

苗若蘭喜道：「是啊，原來這可憐的孩子還活著，是不是？爹爹知道了一定歡喜得緊。這孩子在那裏，你帶我們去瞧瞧好不好？」她隨即想到，自己一直叫他「可憐的孩子」，其實他已是個二十七歲的男子，比自己還大著十歲，臉上不禁一紅。

平阿四道：「見他不著了。這裏的人，誰也不會活著下山。」苗若蘭道：「我爹爹必會上峯來救，我一點不躭心。」平阿四道：「你爹爹打遍天下無敵手，打的是凡人。他武功再高，也奈何不了這萬丈高峯。」苗若蘭道：「那孩子叫你來害死我們麼？」平阿四搖頭道：「不是。這孩子英雄豪俠，跟他父親一模一樣，若知我來幹這種陰毒勾當，定要攔阻。」曹雲奇怒道：「哼，原來你也知道這是陰毒勾當。」

苗若蘭問道：「那孩子怎樣了？叫甚麼名字？武功好嗎？在幹甚麼事？他也是個好人嗎？」她自小見父親每年祭奠胡一刀夫婦，一直以未能撫養那孩子爲畢生恨事，是以極爲關心。

平阿四道：「若不是我炸毀了長索，苗姑娘，你今日就能見到他啦。」曹雲奇等六七人齊聲怒道：「長索是你炸毀的？」平阿四道：「正是！」苗若蘭卻問：「怎麼我今日能見到他？」平阿四道：「他與此間主人有約，今日午時要來拜山。眼見午時已到，這會兒想必已來到山峯之下了。」眾人齊聲叫道：「是雪山飛狐？」

平阿四道：「不錯，胡一刀胡大爺的兒子，叫作胡斐，外號雪山飛狐！」

苗若蘭聽他也以〈善哉行〉中的歌辭相答，心下甚喜，暗道：「此人文武雙全，我爹爹得知胡伯伯有此後人，必定歡喜。」

六

眾人聽了半天故事，對胡一刀的爲人甚是神往，除寶樹一人之外，聽說雪山飛狐是他兒子，心中都起異樣之感，雖想見了他未必有甚好處，卻都不自禁的渴欲一見，又想此間主人遍邀高手，以備迎戰，只怕此人本領亦不在乃父之下。

苗若蘭忽然驚道：「啊喲，此間主人所邀的幫手和我爹爹都未上山，如在山下撞到了那雪山飛狐，定要動手。我爹爹不知他是胡伯伯的兒子，倘若一劍將他殺了，那便如何是好？」

平阿四淡淡一笑，道：「苗大俠雖說是打遍天下無敵手，可是要說能一劍殺了胡相公，卻也未必。」他臉上一個長長的傷疤，這麼一笑，牽動肌肉，顯得加倍的醜陋可怖。他又道：「胡相公今日上山，一來是找此間主人的晦氣，二來是要找苗大俠比武復仇。不過我親眼見到當年胡苗二位大俠肝膽相照的交情，害死胡大爺的其實另有其人，我勸胡相公別向苗大俠爲難了，可是他說要當面向苗大俠問個淸楚。後來我在山下見到了這位閻大夫，雖隔了這麼二十幾年，我還是認得他，便跟上峯來，炸索毀糧，大夥兒在這兒一齊餓死，總算是報了胡大爺待我的恩義啦。」

這一席話，只把衆人聽得面面相覷，心想寶樹當年謀財害命，今日自算死有應得，但各人與此事並不相干，卻在這兒賠上一條命，也可算得極冤。

寶樹見了衆人臉色，知道大家對自己頗有怪責之意，站起身來，取過了寶刀鐵盒，喝道：「今日之事，咱們只有同舟共濟，一齊想個下山的法兒。這個惡徒嘛……」

一語未畢，忽聽撲翅聲響，一隻白鴿飛進大廳，停在桌上。

苗若蘭喜道：「啊，這隻小鴿兒多可愛！」上前雙手輕輕捧起白鴿，撫摸鴿背羽毛，只見鴿腳上縛著一條絲線。這絲線從鴿腳上一直通到門外，苗若蘭向裏拉扯，那線竟然極長，拉了好一大截，始終未見線頭。她好奇心起，雙手交互收線，那線竟似無窮無盡一般。田靑文上前相助，兩人收了數十丈，忽覺絲線漸漸沉重，看來線頭彼端縛得有物。

于管家大喜，叫道：「咱們有救啦！」衆人齊問：「怎麼？」于管家道：「這白鴿是本莊所養，山上山下用以傳遞消息。定是山下的本莊夥伴發覺長索炸斷，放這鴿子上峯，在絲線上縛著救咱們下峯的物事。」

平阿四聽了此話，臉色大變，狂吼一聲，撲上去要拉斷絲線。殷吉站在鄰近，身子一晃，已攔在他面前，雙掌起處，立時將他推倒。

田青文道：「姊姊，小心拉斷了絲線。」苗若蘭點了點頭。那絲線雖細，卻極堅韌，兩人手上愈來愈沉，絲線始終不斷。再拉一會，苗若蘭似乎有點吃力。陶子安道：「苗姑娘你歇歇，我來拉。」走上前去接過絲線。

阮士中、曹雲奇、劉元鶴等早已搶出門去，要看那絲線上吊的是甚麼救星。

陶田二人收了一會，忽聽門外歡呼聲起，手上頓鬆。廳上各人一齊走出，只見阮士中與曹雲奇站在崖邊，雙手此起彼落，忙碌異常，仍在收線，原來絲線上縛的是一根較粗的麻繩。待那麻繩收盡，又引上一根皮麻混編的極粗繩索。

衆人一齊高呼，七手八腳，將那根粗索縛在崖邊兩株大松樹上。

劉元鶴道：「咱們走吧，待我先下。」雙手抓住了繩索，就要往下溜去。陶百歲喝道：「且慢，幹麼要讓你先下？誰知你在下面要搗甚麼鬼？」劉元鶴怒道：「依你說便怎地？」陶百歲一怔，心想峯上人人各懷私心，互不信任，不論誰先下去，旁人都難放心，給他這麼一問，倒也難以對答。

曹雲奇道：「讓幾位女客先下去，咱們男子漢拈籌以定先後。」熊元獻細聲細氣的道：「這樣吧，天龍門、飲馬川山寨、跟我們平通鏢局的，每一家輪流下去一個。大夥兒互相瞧著，不用怕有誰使奸行詐。」阮士中道：「那也好。寶樹大師，請您將鐵盒兒見還吧。」說著走上一步，向寶樹伸出手去。

眾人初時只顧念生死安危，此時大難已過，又都想到了那件寶物。本來大家只知這鐵盒是件武林異寶，但到底異在那裏，寶於何處，卻均一無所悉，待知其中藏有闖王遺下的軍刀，已覺此物非同小可，及至聽平阿四說這刀跟闖王的大寶藏有關，更加個個眼紅心熱。故老相傳，闖王進京之後，部屬大將劉宗敏等拷掠明朝的宗室大臣，所得珍寶堆積如山，不久兵敗，這批珍寶連同明宮中皇室歷年的庫藏，都從此不知下落，如能由這鐵盒寶刀而掘得寶藏，世上尚有何種財物能與之相比？

寶樹冷笑道：「你天龍門何德何能，要獨佔寶刀？這把刀天龍門掌管了一百多年，也該換換主兒了。」阮士中愕然，眼露兇光。殷吉、曹雲奇、周雲陽不約而同的搶上一步，站在阮士中身旁。寶樹仰天笑道：「哥兒們想動武，是不是？想當年天龍門在刀頭上得寶，今日在刀頭上失寶，可也公平得緊啊。」

阮士中等大怒，恨不得撲將上去，把這老和尚砍成幾段，奪過寶刀，只忌憚他武功了得，卻又不敢動手，在他炯炯有神的雙目凝視之下，反倒退了數步。

一時雪峯邊寂靜無聲，忽然苗若蘭的婢女琴兒指著山下叫道：「小姐，你瞧，好像有人上來。」

眾人一驚，心想：「怎麼我們沒下山，反倒有人上來了？」紛紛奔到崖邊，向下張望，只見長索上一團白影迅速異常的攀援上來，凝神看去，卻是個白衣男子。

田青文道：「苗姊姊，這位是令尊麼？」苗若蘭搖頭道：「多半不是，我爹爹從來不穿白衣的。」

說話之間，那男子爬得更加近了。于管家叫道：「喂，尊駕是那一位？」忽聽得半山腰裏傳上來一聲長笑，聲音洪亮，只震得山谷鳴響，突然之間，似乎滿山都是大笑之聲。

阮士中見寶樹手捧鐵盒，站在崖邊，輕輕一拉曹雲奇的手，指指寶樹背心，用右肩作了個挺撞的姿態。曹雲奇會意，知師叔命自己將他撞下山峯，心想這賊禿本領再強，從這萬丈高峯上掉將下去，又怎保得住性命？鐵盒寶刀跌不壞，待會下去尋找便是。阮曹二人一點頭，同時發足，向寶樹後心猛衝。此時寶樹離崖邊不過尺許，全神注視山下，毫不知有人在背後突施暗算，待聽到腳步聲響，阮曹二人已衝到身後。

寶樹見到那白衣男子上來時的身法神態，正自驚疑不定，突覺背後有人來襲，更大吃一驚，危急中倏施「鐵板橋」功夫，身子向左斜出。這「鐵板橋」功夫，原是閃避敵人暗器的救命絕招，通常是暗器來得太快，不及躍起或向旁避讓，只得身子僵直，突然向後仰天斜倚，讓暗器掠面而過，雙腳卻仍牢牢釘住地下。功夫越高，背心越能貼近地面，講究起落快、身形直，所謂「足如鑄鐵，身挺似板，斜起若橋」。寶樹這招「鐵板橋」，又與通常所使的不同，並非向後仰倚，卻是向左傾斜，雙足釘在崖邊，身子凌空，已有一小半憑虛傾在雪峯之外。

阮士中與曹雲奇撞到寶樹背後，只道襲擊得逞，正自大喜，突覺肩頭撞出，前面竟沒了受力之處。阮士中武功精湛，急忙一個觔斗，著地滾開。曹雲奇卻收腳不住，疾衝而出，直往雪峯下掉落。

眾人齊聲驚呼。寶樹挺腰站直，說道：「阿彌陀佛，罪過！罪過！」背上卻也已出了一陣冷汗。田青文一驚，向後暈倒。陶子安站在她身旁，忙伸手扶住。

餘人望著曹雲奇魁梧的身軀向下直落，無不失聲驚呼。眼見他勢必摔得粉身碎骨，忽見那白衣男子雙足鉤住繩索，左手在峯壁上一推，長索帶著他身子，如盪秋千般向曹雲奇急飛過去。

這一下時機用力都恰到好處，那白衣人右手探出，已抓住曹雲奇後心。不料曹雲奇身軀甚重，這一墮之勢更猛烈異常，但聽得喀喇一響，衣衫破裂，竟又掉下。那白衣人雙足鉤住繩索，長身伸手，就在這千鈞一髮之際，又抓住了曹雲奇右足足踝，可是兩人仍溜著長繩，向下急落，但見兩人身形愈來愈小，一墮數十丈。下墮之勢奇急，白衣人武功再高，雙足的力道也已鉤不住繩索，看來只有鬆手放脫曹雲奇，才保得了自己性命。衆人目眩神馳之際，忽見他右手甩起，將曹雲奇的身子向繩索上端甩上。

曹雲奇早神智迷糊，雙手碰到繩索，立即牢牢抓住。凡溺水之人，即令在水中碰到一根水草，也必全力抓住，至死不放，原是求生本性，這時曹雲奇也是如此。按他武功，本不足以抓住繩索以抗兩人急墮之勢，但危難之際，不知怎的力氣登時大了數倍。那繩索直晃出去，帶著二人向左飛盪。

那白衣人腰間使勁，身子倒翻，左手也已抓住繩索。他在曹雲奇耳邊說了兩句話，拍拍他背心。曹雲奇驚魂未定，聽了他的話，忙雙手交互拉繩，攀援而上。

衆人在崖邊見了這場驚心動魄的奇險，盡皆撟舌難下。曹雲奇攀到峯邊，殷吉與周雲陽搶過去拉住他雙手，提了上來，齊問：「這白衣人是誰？」曹雲奇喘了幾口氣，說道：「那位英雄命我上來稟報，說道是……是雪山飛狐胡斐到了。」

衆人爲那白衣人的氣勢所懾，一時都怔住了，也不知是誰首先叫了聲：「啊喲！」往莊內便奔。

衆人不及細想，一窩蜂的往大門搶去。陶百歲、劉元鶴、阮士中三人一齊擠在門口，你推我擁，爭先而入。曹雲奇搶著去扶田青文，與陶子安百忙中又互揮數拳。只一陣亂，門外衆人走得乾乾淨淨。于管家與琴兒扶著苗若蘭走在最後，險些兒給關在門外。殷吉見熊元獻閉上大門，立即取過門閂，橫著門上。陶百歲只怕不固，又取過撐柱，牢牢撐住。

此時田青文已醒了過來，道：「那雪山飛狐跟咱們素不相識，怕他怎的？」阮士中橫了她一眼，說道：「素不相識？哼，你爹爹是他老子的大仇人，他肯放過你麼？」劉元鶴道：「那害人的平阿四呢？他躲到那裏去啦？」

陶子安忽向牆頭一指，道：「咱們撐住大門，他從上面不能進來麼？」阮士中道：「不錯，陶世兄快上高守著。」陶子安冷笑道：「阮師叔武功高，還是你老人家上去。」一言甫畢，猛聽喀喇喇幾聲巨響，那撐柱與門閂突然迸斷，砰嘭一響，兩扇大門已給人推開。衆人齊聲驚呼，直往內院奔去，霎時之間，大廳上杳無一人。

羣豪初聽平阿四說那胡一刀的往事，頗想見見他遺下的孤兒，可是待得雪山飛狐當眞上山，眼見他身手竟如此了得，不禁心寒膽怯，又見旁人逃避，相互驚嚇，你怕我更怕，平素的豪氣雄風，盡數丟到九霄雲外去了。

于管家欲覓寶樹出去抵擋一陣，四下張望，寶樹早已不見，不知躲到了那裏，心想：「主人將莊上之事託付了給我，拚著一死，也得全了主人臉面。」向苗若蘭低聲道：「苗姑娘，你快到夫人房去，跟夫人一同躲入地窖密室，可別讓人瞧見。這裏的人沒一個安著好心。待我出去見他。」

苗若蘭向鄭三娘與田青文望了一眼，道：「我帶這兩位姊姊一起去地窖吧。」于管家急忙搖頭，低聲道：「不，這兩個女人也不是好人。姑娘跟夫人是千金貴體，莫理會旁人。」苗若蘭道：「那姓胡的若要殺人放火，你擋得了麼？」于管家一按腰間單刀的刀柄，慘然道：「今日是于某以死報主之時，但求夫人與姑娘平安無事，小人就對得起主人了。」

苗若蘭想了一想，說道：「我跟你一齊出去會他。」于管家大急，忙道：「苗姑娘，你沒聽那和尚說，令尊苗大俠與他有殺父大仇？你若不躲開，落在此人手中，那……那……」苗若蘭道：「自從我聽爹爹說了胡伯伯的往事，一直就盼那孩子還活在世上，也盼終須有日能見他一見。今日之事雖險，但若從此不能再與他相見，我可要抱憾一生了。」

她這幾句雖說得輕柔溫文，然語意堅定，于管家竟爾不能違抗。他心道：「這位姑娘手無縛鷄之力，卻勇決如此，眞不愧是金面佛苗大俠之女。甚麼鎭關東、威震天南，名號兒叫得挺響，跟苗姑娘一比，倘不愧死，也可算得臉皮厚極。」

他本來心中害怕，見苗若蘭神色寧定，驚懼之心登減，當下緊一緊腰帶，在茶盤中放了兩隻青花細瓷的蓋碗，沖上了茶，捧了茶盤出去。苗若蘭跟隨在後。

于管家轉出廳壁，只見那白衣人臉孔朝外，雙手叉腰，抬頭望天，便高聲道：「胡大爺遠來，不曾遠迎，還請恕罪。」說著獻上茶去。那白衣人聽得于管家說話，回過頭來，見到苗若蘭這樣一個文秀清雅的少女，弱態生嬌，明波流慧，怯生生的站在當地，不禁一怔。

苗若蘭見這人滿腮虬髯，根根如鐵，一頭濃髮，卻不結辮，橫生倒豎般有如亂草，也是一驚。她自幼對胡一刀之子心懷憐惜悲憫之情，想到他時，總覺他是個受人欺侮虐待的稚子，今日相見，卻不料竟是如此粗豪猛惡的一條漢子，心中不由得三分驚異，三分惶惑，又有三分失望，但隨即心想：「胡一刀胡伯伯容貌威嚴，他生的孩子自也是這般，又何足爲奇？卻是我一向將他想錯了。」上前盈盈一福，輕聲說道：「相公萬福。」

雪山飛狐胡斐此番上峯，準擬與滿山高手作一場龍爭虎鬥，那知莊中出來相見的竟是一個姣好少女，不禁大爲詫異，暗道：「且瞧他們使甚詭計。」還了一禮，說道：「在下胡斐奉揖。不敢請問姑娘高姓。」

于管家向苗若蘭使個眼色，叫她揑造個假姓，千萬不可吐露是苗人鳳之女，不料苗若蘭卻似不解，說道：「胡世兄，咱們是累代世交，可惜從來未曾會面。我姓苗。」

胡斐心中更是一凜，臉上卻不動聲色，道：「姑娘與金面佛苗大俠怎生稱呼？」于管家大急，在苗若蘭身旁暗扯她衣袖。她仍不理，道：「金面佛就是家父。」胡斐一怔，心道：「原來是你。」說道：「令尊怎不出來相見？」

于管家手按刀柄，只怕胡斐出手相害，斜眼看苗若蘭時，卻見她神色如常，不禁嘆道：「這位姑娘年幼無知，眼前便是殺父的大仇人，她竟不知天高地厚，盡吐眞相。」只聽她說道：「家父尚未上山。他若知胡世兄是故人之子，縱有天大要事，也早擱下，必已趕來與世兄相見了。」

胡斐更加奇怪，問道：「姑娘知道在下身世，令尊卻不知曉，敢問何故？」苗若蘭道：「還是適才聽令友平君說的。」胡斐道：「啊，原來平四叔到了這兒，他人呢？」

于管家一怔，在廳中四下張望，早不見了平阿四人影，地上一攤鮮血卻兀自未乾，心道：「自那鴿兒帶線入來，人人想著下峯逃生，竟都將此人忘了。他是胡斐的救命恩人，倘有不測，禍患又深一層。」

胡斐見他瞧著地下的一攤鮮血，臉色有異，大聲問道：「這是平四叔的血麼？」于管家不敢打誑，只得應聲道：「是。」

胡斐父母早喪，自幼由平阿四撫養長大，與他情若父子，一聞此言如何不驚？一躍而前，伸手握住于管家右臂，厲聲喝道：「他在那裏？他……他怎樣了？」于管家只覺手臂劇痛，宛似一道鋼箍越收越緊，只得咬緊了牙齒竭力忍痛，額頭上黃豆大的汗珠一粒粒滲將出來，竟說不出一句話。

苗若蘭緩緩說道：「胡世兄不必焦急，平四爺好好的在那邊。」說著伸手向西邊廂房一指。胡斐放脫了于管家手臂，隨即騰身而起，砰的一聲，踢開西廂房房門，見平阿四躺在榻上，正不住喘息。胡斐大喜，叫道：「四叔，你沒事麼？」

平阿四在廂房裏早就聽到他聲音，低聲道：「還好，你放心。」胡斐搶上前去，見他臉如金紙，呼吸低微，適才一時之間的喜悅又轉為擔憂，問道：「怎麼受的傷？傷得厲害麼？」平阿四道：「這事說來話長。若不是苗姑娘搭救，今生不能再跟你相見了。」原來眾人一見白鴿傳絲，一窩蜂的湧出大廳。苗若蘭乘機與琴兒將平阿四扶入廂房。後來寶樹欲待傷他性命，卻已找他不到，情勢緊急，來不及仔細尋找，平阿四因此而得保全。

胡斐點點頭，從衣囊中取出一顆朱紅丸藥，塞在他口裏，道：「四叔，你先服了這顆傷藥。」

他見平阿四將傷藥嚼爛吞下，稍稍放心，回到廳上，向苗若蘭一揖到地，道：「多謝姑娘救我平四叔。」苗若蘭忙即還禮，道：「平四爺古道熱腸，小妹欽仰得緊。些些微勞，何足掛齒？」胡斐道：「生死大事，豈是微勞？在下感激不盡。」

苗若蘭見他神情粗豪，吐屬卻頗為斯文，說道：「胡世兄遠來，莊上無以為敬。琴兒，快取酒肴出來。」胡斐道：「此間主人約定在下，今日午時相會，怎到此刻還不出來相見？」

苗若蘭道：「主人因有要事下山，想來途中耽擱，未及趕回，致誤世兄之約，小妹先此謝過。」胡斐聽她應對得體，心中更奇：「苗范田三家向稱人材鼎盛，怎地男子漢都縮在後面，卻叫這樣一個看來弱不禁風的少女出來推搪？這姑娘對我絲毫不示怯意，難道她其實武功高強，卻故意深藏不露麼？」

琴兒托了一隻木盤過來，盤中放著一大壺酒，一隻酒杯，她左手拿著木盤，右手在杯中斟了酒，笑道：「胡相公，山上的鷄鴨魚肉、蔬菜瓜果，通統給你的平四爺毀啦。對不起，只好請你喝杯白酒。」

胡斐見那木盤正在他與苗若蘭之間，伸出左手，在盤邊輕輕一推，木盤逕向苗若蘭肩上撞去。這一推雖似出手甚輕，其實借勁打人，受著的人若不加抵禦，就如中了兵刃之傷無異。苗若蘭不會武藝，只順乎自然的微微一讓，並未出招化勁，眼見這一下便要身受重傷。

于管家大驚，他自知武功與胡斐差得太遠，縱不顧性命的上前救援，也必無濟於事，只叫得一聲：「啊喲！」卻見胡斐左手兩根手指已迅捷無比的拉住了木盤，這一下時機湊合得準極，盤邊與苗若蘭的外衣只微微一碰，立即縮回。她絲毫不知就在這一瞬之間，自己已從生到死、從死到生的走了一個循環。

胡斐道：「令尊打遍天下無敵手，卻何以不傳姑娘武功？素聞苗家劍門中，傳子傳女，一視同仁。」苗若蘭道：「我爹爹立志要化解這場百餘年來糾纏不清的仇怨，是以苗家劍法，至他而絕，不再傳授子弟。」

胡斐愕然，拿著酒杯的手停在半空，隔了片刻，方始舉到口邊，一飲而盡，叫道：「苗人鳳，苗大俠，好！果然稱得上『大俠』二字！」

苗若蘭道：「我曾聽爹爹說起令尊當日之事。那時令堂請我爹爹飲酒，旁人說道須防酒中有毒。我爹爹言道：『胡一刀乃天下英雄，光明磊落，豈能行此卑劣之事？』今日我請你飲酒，胡世兄居然也坦然飲盡，難道你也不怕別人暗算麼？」

胡斐一笑，從口中吐出一顆黃色藥丸，說道：「先父中人奸計而死，我若再不防，豈非癡呆？這藥丸善能解毒，諸害不侵，但適才聽了姑娘之言，倒是我胸襟狹隘了。」說著自己斟了一杯酒，便即乾杯。

苗若蘭道：「山上無下酒之物，殊為慢客。小妹量窄，又不能敬陪君子。古人以漢書下酒，小妹有漢琴一張，欲撫一曲，以助酒興，但恐有污清聽。」胡斐喜道：「願聞雅奏。」琴兒不等小姐再說，早進內室去抱了一張古琴出來，放在桌上，又換了一爐香點起。苗若蘭輕舒素腕，「仙翁、仙翁」的調了幾聲，彈將起來，隨即撫琴低唱：

「來日大難，口燥舌乾。今日相樂，皆當喜歡。經歷名山，芝草翻翻。仙人王喬，奉藥一丸。」

唱到這裏，琴聲未歇，歌辭已終。

胡斐少年時多歷苦難，專心練武，沒讀過多少書，後來兩個紅顏知己一出家爲尼，另一爲救他而喪生，他傷心失意之餘，只覺平生武功，帶給自己的盡爲憂傷愁苦，人生於世，到底該作何事，苦思無得，求師不遇，便只有向書本中探索。數年來折節讀書，雖非飽學，卻也頗通詩書，聽得懂她唱的是一曲〈善哉行〉，那是古時宴會中主客贈答的歌辭，自漢魏以來，少有人奏，不意今日上山報仇，卻遇上這件饒有古風之事。她唱的八句歌中，前四句勸客盡歡飲酒，後四句頌客長壽。適才胡斐含藥解毒，歌中正好說到靈芝仙藥，那又有雙關之意了。

他輕輕拍擊桌子，吟道：「自惜袖短，內手知寒。慚非靈輒，以報趙宣。」意思說主人殷勤相待，自慚無以爲報。春秋時靈輒腹饑，趙宣子贈以酒肉，並讓他攜回食物奉母，後來趙宣子遇難，靈輒拚死捍衛解救。

苗若蘭聽他也以〈善哉行〉中的歌辭相答，心下甚喜，暗道：「此人文武雙全，我爹爹得知胡伯伯有此後人，必定歡喜。」接著唱道：「月沒參橫，北斗闌干。親交在門，飢不及餐。」意思說時候雖晚，但客人光臨，高興得飯也來不及吃。

胡斐接著吟道：「歡日尚少，戚日苦多，以何忘憂？彈箏酒歌。淮南八公，要道不煩，參駕六龍，遊戲雲端。」最後四句是祝頌主人成仙長壽，與主人首先所唱之辭相應答。

胡斐唱罷，舉杯飲盡，拱手而立。苗若蘭劃紘而止，站了起來。兩人相向行禮。胡斐將酒杯放在桌上，說道：「主人既然未歸，明日當再造訪。」大踏步走向西廂房，將平阿四負在背上，向苗若蘭微微躬身，走出大廳。苗若蘭出門相送，只見他背影在崖邊一閃，拉著繩索溜下山峯去了。

她望著滿山白雪，靜靜出神。琴兒道：「小姐，快進去吧，莫著了涼。」苗若蘭道：「我不冷。」琴兒催了兩次，苗若蘭才慢慢回進莊子。

走進大廳，只見滿廳都坐滿了人，衆人適才躲得影蹤不見，突然之間，又不知都從甚麼地方出來了。各人一齊站起相詢：「他走了麼？」「他說些甚麼？」「他說甚麼時候再來？」「他上山是來報仇麼？」「他要找誰？」

苗若蘭鄙視這些人膽怯，危急之際個個逃走，留下她一個弱女子抵擋大敵，淡淡的道：「他甚麼也沒說。」寶樹道：「我不信。你在廳上陪了他這許久，總有些話說。」

苗若蘭本非喜愛惡作劇之人，但這時胸懷歡暢，一顆心飄飄盪盪的，只想跟人鬧著玩，見各人神色古怪，便道：「那位胡世兄說道，他這次上山，爲的是報殺父之仇，可惜仇人躲了起來。現下他守在山下，待那仇人下去，下一個，殺一個；下兩個，殺一雙。」衆人一凜，都想：「山上沒糧食，山下又守著這個兇煞太歲，這便如何是好？」

苗若蘭道：「胡世兄言道：山上衆人，個個與他有仇，只有的仇深，有的仇淺。他恩怨分明，深者重報，淺者輕報，不願錯害了好人。他要我代詢各位，爲何齊來這關外苦寒之地，是否要合力害他？」除寶樹外，餘人異口同聲的說道：「雪山飛狐之名，我們以前從來沒聽到過，與他有甚仇怨？更加說不上合力害他。」

苗若蘭向陶百歲道：「陶伯伯，姪女有一事不明，要想請教。」陶百歲道：「姑娘請說。」苗若蘭道：「適才那位平四爺說道：胡一刀胡伯伯請寶樹大師去轉告我爹爹三件大事，可是我爹爹說到此事經過之時，卻從未提起。陶伯伯曾說知道此中原委，不知能見告麼？」

陶百歲道：「姑娘即使不問，我也正要說。」他指著阮士中、殷吉、曹雲奇等人，大聲道：「這幾位天龍門的英雄，誣指我兒害死田歸農田親家。哼哼！」他嗓門本就粗大，這時心中憤激，更加說得響了：「我將這事從頭說來，且請各位秉公評個是非曲直。」殷吉道：「很好，很好，我們正要向陶寨主請教。」

我在後花園涼亭中撞見了她，見她一雙眼哭得紅紅的，我不管甚麼，就向她賠不是，說道：「青妹，都是我不好，你就別生氣啦！」

七

陶百歲咳嗽一聲，說道：「我在少年之時，就和歸農一起做沒本錢的買賣……」衆人都知他身在綠林，是飲馬川山寨的大寨主，卻不知田歸農也曾爲盜，大家互望了一眼。曹雲奇叫道：「放屁！我師父是武林豪傑，你莫胡說八道，污了我師父的名頭。」

陶百歲厲聲道：「武林豪傑便不行走黑道嗎？你瞧不起黑道上的英雄，可是黑道上的英雄還瞧不起你這等狗熊呢！我們開山立櫃，憑一刀一槍掙飯吃，比你們看家護院，保鏢做官，拍馬害民，又差在那裏了？你師父的人品，就比你強得多。」

曹雲奇站起身來，欲待再辯。田青文拉拉他衣襟，低聲道：「師哥，別爭啦，且讓他說下去。」曹雲奇一張臉脹得通紅，狠狠瞪著陶百歲，終於坐下。

陶百歲大聲道：「我陶百歲自幼身在綠林，打家劫舍，從來不曾隱瞞過，大丈夫敢作敢當，又怕甚麼了？不做僞君子，不充假好漢。他媽的，做了事不敢認，還不要臉的自認正人君子。」苗若蘭聽他說話岔了開去，說道：「陶伯伯，我爹爹也說，綠林中儘有英雄豪傑，誰也不敢小覷了。你請說田家叔父的事吧。」陶百歲指著曹雲奇的鼻子道：「你聽，苗大俠也這麼說，你狠得過苗大俠麼？」曹雲奇「呸」了一聲不答話。

陶百歲胸中忿氣略舒，道：「歸農年輕時和我一起做過許多大案，我一直是他副手。他到成家之後，這才洗手不幹。他倘若瞧不起黑道人物，幹麼又肯將獨生女兒許配給我孩兒？不過話又得說回來，他和我結成親家，卻也未必當眞安著甚麼好心。他是要堵我嘴，想要我隱瞞一件大事。

「那日歸農與范幫主在滄州截阻胡一刀夫婦，我還是在做歸農的副手。胡一刀在大車中飛擲金錢鏢，那些給打中穴道的，其中有一個就是我陶百歲；後來胡夫人在屋頂用白絹奪刀擲人，那些給拋下屋頂的，其中有一個就是我陶百歲；苗人鳳罵一羣人是膽小鬼，其中有一個就是我陶百歲。只不過當年我沒留鬍子，頭髮沒白，模樣跟眼下全然不同而已。

「胡一刀夫婦臨死的情景，我也是在場親眼目睹，正如苗姑娘與那平阿四所說，寶樹這和尚說的是謊話。苗姑娘問道：苗大俠若知胡一刀並非他殺父仇人，何以仍去找他比武？各位心中必想，定是寶樹心懷惡意，沒將這番話告知苗大俠了。」眾人心中正都如此想，只是礙得寶樹在座，不便有所顯示。

陶百歲卻搖頭道：「錯了，錯了。想那跌打醫生閻基當時本領低微，怎敢在苗胡兩位面前弄鬼？他確是依著胡一刀的囑咐，去說了那三樁大事，只苗大俠卻沒聽見。閻基去大屋之時，苗大俠有事出外，乃由田歸農接見。他一五一十的說給歸農聽，當時我在一旁，也都聽到了。歸農對他說道：『都知道了。你回去吧，我自會轉告苗大俠，你見到他時不必再提。胡一刀問起，你只說已當面告知苗大俠就是。再叫他買定三口棺材，兩口大的，一口小的，免得大爺們到頭來又要破費。』說著賞了他三十兩銀子。那閻基瞧在銀子面上，自然遵依。

「苗大俠所以再去找胡一刀比武，就因為歸農始終沒跟他提這三件大事。為甚麼不提呢？各位定然猜想：田歸農對胡一刀心懷仇怨，想借手苗大俠將他殺了。這麼想嘛，只對了一半。歸農確是盼胡一刀喪命，可是他也盼借胡一刀之手，將苗大俠殺了。

「苗大俠折斷他彈弓，當眾對他辱罵，絲毫不給他臉面。我素知歸農的性子，他要強好勝，最會記恨。苗大俠如此掃他面皮，他心中痛恨苗大俠，只有比恨胡一刀更甚。那日歸農交給我一盒藥膏，叫我去設法塗在胡一刀與苗大俠比武所用的刀劍之上。這件事情，老實說我既不想做，也不敢做，可又不便違拗，於是就交給了那跌打醫生閻基，要他去幹。

「各位請想，胡一刀是何等的功夫，若中了尋常毒藥，焉能立時斃命？他閻基當時只是個鄉下郎中，那有甚麼江湖好手難以解救的毒藥？胡一刀中的是甚麼毒？那就是天龍門獨一無二的秘製毒藥了。武林人物聞名喪膽的追命毒龍錐，就全仗這毒藥而得名。後來我又聽說，田歸農這盒藥膏之中，還混上了『毒手藥王』的藥物，見血封喉，端的厲害無比。」

餘人本來將信將疑，聽到這裏，卻已信了八九成，向阮士中、曹雲奇等天龍弟子望了幾眼。阮曹等心中惱怒，卻不便發作。

陶百歲道：「那一日天龍門北宗輪值掌理門戶之期屆滿，田歸農也揀了這日閉門封劍。他大張筵席，請了數百位江湖上的成名英雄。我和他是老兄弟，又是兒女親家，自然早幾日就已趕到，幫他料理。按著天龍門規矩，北宗值滿，天龍門的劍譜、歷祖宗牒、以及這口鎮門之寶的寶刀，都得交由南宗接掌。殷兄，我說得不錯吧？」殷吉點了點頭。陶百歲又道：「這位威震天南殷吉殷大財主，是天龍門南宗掌門，他也是早幾日就到了。田歸農是否將劍譜、宗牒、與寶刀按照祖訓交給你，請殷兄照實說吧。」

殷吉站起身來，說道：「這件事陶寨主不提，在下原不便向外人明言，可是中間實有許多蹊蹺之處，在下倘若隱瞞不說，這疑團總難打破。

「那日田師兄宴客之後，退到內堂，按著歷來規矩，他就得會集南北兩宗門人，拜過闖王、創派祖宗、和歷代掌門人的神位，便將寶刀傳交在下。那知他進了內室，始終沒再出來。

「我心中焦急，直等到半夜，外客早已散盡，青文姪女忽從內室出來對我說道，她爹爹身子不適，授譜之事待明日再行。我好生奇怪，適才田師兄謝客敬酒，臉上沒一點疲態，怎麼突然感到不適？再說傳譜授刀，只是拜一拜列祖列宗，片刻可了，一切都已就緒，何必再等明日？莫非田師兄不肯交出寶刀，故意拖延推諉麼？」

阮士中插口道：「殷師兄，你這般妄自忖度，那就不是了。那日你若單爲受譜受刀而去，田師哥早就交了給你。可是你邀了別門別派的許多高手同來，顯然不安好心。」殷吉冷笑道：「嘿，我能有甚麼壞心眼了？」阮士中道：「你是想一拿到譜牒寶刀，就勒逼我們南北歸宗，讓你做獨一無二的掌門人。那時田師哥已經封劍，不能再出手跟人動武，你人多勢衆，豈不是爲所欲爲麼？」

殷吉臉上微微一紅，道：「天龍門分爲南北二宗，原是權宜之計。當年田師兄初任北宗掌門之時，他何嘗不想歸併南宗？就算兄弟意欲兩宗合一，光大我門，那也是一樁美事。這總勝於阮師兄你閣下竭力排擠雲奇、意圖自爲掌門吧？」

眾人聽他們自揭醜事，原來各懷私欲，除了天龍門中人之外，大家笑嘻嘻的聽著，均有幸災樂禍之感。

苗若蘭對這些武林中門戶宗派之爭不欲多聽，輕聲問道：「後來怎麼了？」

殷吉道：「我回到下處，跟我南宗的諸位師弟商議，大家都說田師兄必有他意，我們可不能聽憑欺弄，推我去探明眞情。我到田師兄臥室去問候探病，青文姪女眼睛哭得紅紅的，攔在門口，說道：『爹已睡著啦。殷叔父請回，多謝您關懷。』我見她神情有異，心想田師兄若當眞身子不適，又不是難治重病，不用哭得這麼厲害，這中間定有古怪，便回房待了半個時辰，換了衣服，再到田師兄房外去探病……」

阮士中伸掌在桌上用力一拍，喝道：「嘿，探病！探病是在房外探的麼？」

殷吉冷笑道：「就算是我偷聽，卻又怎地？我躲在窗外，只聽田師兄道：『你不用逼我。今日我閉門封劍，當著江湖豪傑之面，已將天龍北宗的掌門人傳給了雲奇，怎麼還能更改？你逼我將掌門之位傳給你，這時候可已經遲了。』又聽這位阮士中阮師兄說道：『我怎敢逼迫師哥？但想雲奇與青文做出這等事來，連孩子也生下了。如此傷風敗俗，大犯淫戒，我門中上上下下，那一個還能服他？』」

殷吉說到這裏，忽聽得咕鼕一聲，田青文連人帶椅，往後便倒，暈了過去。陶子安拔出單刀，往曹雲奇頭頂劈落。曹雲奇手中沒兵刃，只得舉起椅子招架。陶百歲聽得未過門的媳婦竟做下這等醜事，只惱得哇哇大叫，也舉起一張椅子，夾頭夾腦往曹雲奇頭上砸去。天龍諸人本來齊心對外，但這時五人揭破了臉，竟沒人過去相助曹雲奇。啪的一響，曹雲奇背心上吃陶百歲椅子重重擊中。廳上亂成一團。

苗若蘭叫道：「大家別動手，我說，大家請坐下！」她話聲中自有一股威嚴之意，竟教人難以抗拒。陶子安一怔，收回單刀。陶百歲兀自狂怒，揮椅猛擊。陶子安抓住父親打過去的椅子，道：「爹，咱們別先動手，好教這裏各位評個是非曲直。」陶百歲聽兒子說得有理，這才住手。

苗若蘭道：「琴兒，你扶田姑娘到內房去歇歇。」這時田青文已慢慢醒轉，臉色慘白，低下頭自行走入內堂。衆人眼望殷吉，盼他繼續講述。

殷吉道：「只聽得田師兄長嘆一聲，說道：『作孽，作孽！報應，報應！』他反來覆去，不住口的說『作孽，報應』，隔了好一陣，才道：『此事明天再議，你去吧。叫子安來，我有話跟他說。』」

殷吉向陶氏父子望了一眼，續道：「阮師兄還待爭辯，田師兄拍床怒道：『你是不是想逼死我？』阮師兄這才沒話說，推門走出。我聽他們說的是自己家中醜事，倒跟我南宗無關，又怕阮師兄出來撞見，大家臉上不好看，便搶先回去自己房裏。」

阮士中冷笑道：「那晚我和田師哥說了話出來，見黑影一閃，喝問：『那個狗雜種在此偷聽？』當時沒人答話，我只道當眞是狗雜種，原來卻是殷師兄，這可得罪了。」說著向殷吉一揖。他明是賠罪，實是罵人。殷吉臉色微變，但他涵養功夫甚好，回了一禮，微笑道：「不知者不罪，好說，好說。」

陶子安道：「好，現下輪到我來說啦。大家既撕破了臉，我……我也不必再隱瞞甚麼。我……我……」說到這裏，喉頭哽咽，心情激動，竟說不下去，兩道淚水流了下來。

衆人見他這樣一個器宇軒昂的少年英雄竟在人前示弱，不免都有些不忍，於是射向曹雲奇的目光之中，自亦含著幾分氣憤，幾分怪責。陶百歲喝道：「這般不爭氣幹甚麼？大丈夫難保妻賢子孝。好在這媳婦還沒過門，玷辱不到我陶家門楣。」

陶子安伸袖擦了眼淚，定了定神，說道：「以前每次我到田家……田伯父家中……」

曹雲奇聽他稍一遲疑，對田歸農竟改稱「伯父」，不再叫他「岳父」，心中暗喜：「哼，這小子惱了，不認青妹爲妻，我正求之不得。」

只聽他續道：「青妹在有人處總是紅著臉避開，不跟我說話，可是背著在沒人的地方，咱倆總要親親熱熱的說一陣子話。我每次帶些玩意兒給她，她也總有物事給我，繡個荷包啦、做件馬甲啦，從來就短不了……」

曹雲奇臉色漸漸難看，心道：「哼，還有這門子事，倒瞞得我好苦。」

陶子安續道：「這次田伯父閉門封劍，我隨家父興興頭頭的趕去，一見青妹，就覺得她容顏憔悴，好似生過了一場大病。我心中憐惜，背著人安慰，問她是不是生了甚麼病。她初時支支吾吾，我尋根究底細問，她卻發起怒來，搶白了我幾句，從此不再理我。我給她罵得胡塗啦，只有自個兒納悶。

「那日酒宴完了，我在後花園涼亭中撞見了她，見她一雙眼哭得紅紅的，我不管甚麼，就向她賠不是，說道：『青妹，都是我不好，你就別生氣啦。』那知她臉一沉，發作道：『哼，當眞是你不好，那倒好了！偏生是別人不好，我還是死了的乾淨。』我更加摸不著頭腦，再追問幾句，她頭一撇就走了。

「我回房睡了一會，越想越不安，實不明白甚麼地方得罪了她，於是悄悄起來，走到她房外，在窗上輕輕彈了三下。往日我們相約出來會面，總用這三彈指的記號。那知這晚我連彈了幾次，房中竟沒半點動靜。

「隔了半晌，我又輕彈三下，仍沒聽到聲息。我奇怪起來，在窗格子上一推，那窗子並沒閂住，應手而開，房中黑漆漆地，沒瞧見甚麼。我急於要跟她說話，就從窗裏跳了進去……」

曹雲奇聽到此處，滿腔醋意從胸口直衝上來，再也不可抑制，大聲喝道：「你半夜三更的，偷入人家閨房，想幹甚麼？」陶子安正欲反唇相稽，苗若蘭的侍婢快嘴琴兒卻搶著道：「他們是未婚夫妻，你又管得著麼？」

陶子安向琴兒微一點頭，謝她相幫，接著道：「我走到她床邊，隱約見床前放著一對鞋子，當下大著膽子，揭開羅帳，伸手到被下一摸……」

曹雲奇紫脹了臉，待欲喝罵，卻見琴兒怒視自己，話到口頭，又縮了回去。只聽陶子安續道：「……觸手處似乎是個包袱，青妹卻不在床上。我更奇怪，摸一摸那是甚麼東西，手上一涼，又覺柔軟，似是個嬰兒，可把我嚇了一大跳。再仔細一摸，卻不是嬰兒是甚麼？只全身冰涼，早死去多時，看來是把棉被壓在孩子身上將他悶死的。」

只聽得嗆啷一響，苗若蘭失手將茶碗摔落，臉色蒼白，嘴唇微微發顫。

陶子安道：「各位今日聽著覺得可怕，當日我黑暗之中親手摸到，就更驚駭無比，險些叫出聲來。就在此時，房外腳步聲響，有人進來，我忙往床底下一鑽。只聽那人走到床邊，坐在床沿，嚶嚶啜泣，原來就是青妹。她把死孩子抱在手裏，不住親他，低聲道：『兒啊，你莫怪娘親手害了你小命，娘心裏可比刀割還要痛哪。只是你若活著，娘可活不成啦。娘眞狠心，對不起你。』

「我在床下只聽得毛骨悚然，這才明白，原來她不知跟那個狗賊私通，生下了孩兒，竟下毒手將孩兒害死。她抱著死嬰哭一陣，親一陣，終於站起，披上一件披風，罩住了嬰兒，走出房去。我待她走出房門，才從床下出來，悄悄跟在她後面。那時我心裏又悲又憤，要查出跟她私通的那狗賊是誰。

「只見她走到後園，在牆邊拿了一把短鏟，越牆而出，我一路遠遠躡著，見她走了半里多路，到了一處墳場。她拿起短鏟，正要掘地掩埋，忽然數丈外傳來鐵器與土石相擊之聲，深夜之中，竟然另外也有人在掘地。她吃了一驚，忙蹲下身子，過了好一陣，彎著腰慢慢爬過去察看。我想必是盜墓賊在掘墳，便也跟著過去，見墳旁一盞燈籠發著淡淡黃光，照著一個黑影正在掘地。

「我凝目瞧去，這人卻不是掘墳，是在墳旁挖個土坑，也要掩埋甚麼。我心道：『這可奇了，難道又有誰在埋私生兒？』但見那人掘了一陣，從地下捧起個長長的包裹，果眞與一個嬰兒屍身相似。那人將包裹放入坑中，鏟土蓋上，回過頭來，火光下看得明白，原來此人非別，卻是這位周雲陽周師兄。」

周雲陽臉上本來就無多大血色，聽陶子安說到這裏，更加蒼白。

陶子安接著道：「當時我心下疑雲大起：『莫非與青妹私通的竟是這畜生？怎麼他也來掩埋死嬰？難道生了的是對雙胞胎？』青妹一見是他，身子伏得更低，竟不出來與他相會。周師兄將土踏實，又鏟些青草鋪在上面，再在草上堆了好多亂石，教人分辨不出，這才走開。

「周師兄一走遠，青妹忙掘了一坑，將死嬰埋下，隨即搬開周師兄所放的亂石，要挖掘出來，瞧他埋的是甚麼物事。我心想：『就算你不動手，我也要掘，現下倒省了我一番手腳。』青妹舉起鐵鏟剛掘得幾下，周師兄忽從墳後出來，叫道：『青文妹子，你幹甚麼？』原來他心思也眞周密，埋下之後假裝走開，過一會卻又回來察看。青妹嚇了一跳，一鬆手，鐵鏟落地，無話可說。

「周師兄冷冷的道：『青文妹子，你知道我埋甚麼，我也知道你埋甚麼。要瞞呢，大家都瞞；要揭開呢，大家都揭開。』青妹道：『好，那麼你起個誓。』周師兄當即起個毒誓，青妹跟著他也起了誓。兩人約定了互相隱瞞，一齊回莊。

「我瞧兩人神情，似乎有甚麼私情，但又有點不像，看來青妹那孩子不會是跟周師兄生的，當下悄悄跟在後面，手裏扣了餵毒的暗器，只要兩人有絲毫親暱的神態，有半句教人聽不入耳的說話，我立時將他斃了。

「總算他運氣好，兩人從墳場回進莊子，始終離得遠遠的，一句話也沒說。

「青妹回到自己房裏，不斷抽抽噎噎的低聲哭泣。我站在她窗下，思前想後，甚麼都想到了。我想闖進去一刀將她劈死，想放把火將田家莊燒成白地，想把她的醜事抖將出來讓人人知道，可又想抱著她大哭一場。終於打定主意：『眼下須得不動聲色，且待查明奸夫是誰再說。』

「我全身冰冷，回到房中，爹爹兀自好睡，我卻獨個兒站著發呆。也不知過了多少時候，忽然阮師叔過來叫我，說田伯父有話吩咐。我心道：『這事來了，且瞧他怎生發話？是要我答應退婚呢，還是欺我不知，送一頂現成的綠頭巾給我戴戴？』阮師叔說夜深不陪我了，叫我自去。我生怕有甚不測，叫醒了爹爹，請他防備，自己身上帶了兵刃暗器，連弓箭也暗藏在長袍底下。

「到了田伯父房裏，見他躺在床上，眼望床頂，呆呆出神，手裏拿著一張白紙，竟沒覺察到我進房。我咳嗽一聲，叫道：『阿爹！』他吃了一驚，將白紙藏入褥子底下，道：『啊，子安，是你。』我心想：『明明是你叫我來的，卻這麼裝腔作勢。』但瞧他神色，卻當眞異常驚恐。他叫我閂上房門，卻又打開窗子，以防有人在窗外偷聽，這才顫聲說道：『子安，我眼下危在旦夕，全憑你救我一命，你得去給我辦一件事。』」

曹雲奇心中憋了半天，聽到這裏，猛地站起，戟指叫道：「放屁，放屁！我師父何等功夫，你這小子有甚麼本事救他？」

陶子安眼角兒也不向他瞥上一瞥，便似跟前沒這個人一般，向著寶樹等人說道：「我聽了他這兩句話，十分驚疑，忙道：『阿爹但有所命，小婿赴湯蹈火，在所不辭。』田伯父點點頭，從棉被中取出一個長長的、用錦緞包著的包裹，交在我手裏，道：『你拿了這東西，連夜趕赴關外，埋在隱蔽無人之處。如能不讓旁人察覺，或可救得我一命。』

「我接過手來，只覺那包裹又沉又硬，似是一件鐵器，問道：『那是甚麼東西？有誰要來害你？』田伯父將手揮了幾揮，神色甚爲疲倦，道：『你快去，連你爹爹也千萬不可告知，再遲片刻就來不及啦。這包裹千萬不得打開。』我不敢再問，轉身出房。剛走到門口，田伯父忽道：『子安，你袍子底下藏著甚麼？』我嚇了一跳，心道：『他眼光好厲害！』只得照實說道：『那是兵刃弓箭。今日客人多，小婿怕混進了歹人來，因此特地防著點兒。』田伯父道：『好，你精明能幹，雲奇能學著你一點兒，那就好了。唉，把弓箭給我。』

「我從袍底下取出弓箭，遞給了他。他抽出一枝長箭，看了幾眼，搭在弓上，道：『你快去吧！』我見了這副模樣，心下倒有些驚慌：『別要在我背心射上一箭！』裝著躬身行禮，慢慢反退出去，退到房門，這才突然轉身。出房門後我回頭一望，見他將箭頭對準窗口，顯是防備仇家從窗中進來。

「我回到自己房裏，對這事好生犯疑，心想田伯父神色之中，始終透著七分驚惶、三分詭秘，可以料得定他對我決無好意。我將這事對爹爹說了，但爲了怕惹他生氣，青文妹子的事卻瞞著不說。爹爹道：『先瞧瞧包中是甚麼東西。』我也正有此意，兩人打開包裹，原來正是這隻鐵盒。

「爹爹當年親眼見到田伯父將這隻鐵盒從胡一刀的遺孤手中搶來，後來就將天龍門鎮門之寶的寶刀放在盒裏。爹爹當時說道：『這就奇了。』他知鐵盒中藏有短箭，能隨機括發出，也知道鐵盒的開啓之法，便依法打開。我爺兒倆一看之下，面面相覷，說不出話來。原來盒中竟空無一物。爹爹道：『那是甚麼意思？』

「我早就瞧出不妙，這時更已心中雪亮，知道必是田伯父陷害我的一條毒計，他將寶刀藏在別處，卻將鐵盒給我。他必派人在路上截阻，捉到我之後，便誣陷我盜他寶刀，逼我交出。別說我交不出刀，就算眞有一口寶刀交出來，他縱不殺我，也必將青妹的婚事退了，好讓她另嫁曹師兄。爹爹不知其中原委，自然瞧不透這毒計。我不便對爹爹明言，發了半天獃，爺兒倆又商量了半天，不知如何是好。」

曹雲奇大叫：「你害死我師父，偷竊我天龍門至寶，卻又來胡說八道。這套鬼話，連三歲孩兒也瞞騙不過。」陶子安冷笑道：「田伯父雖已死無對證，我手中卻有證據。」曹雲奇更暴跳如雷，喝道：「證據？甚麼證據？拿出來大家瞧瞧。」陶子安道：「到時候我自會拿出來，不用你著忙。各位，這位曹師兄老是打斷我話頭，還不如請他來說。」

寶樹冷冷的道：「曹雲奇，你媽巴羔子的，你要把老和尙撞下峯去，和尙還沒跟你算帳呢！直娘賊，操你奶奶的，你瞪眼珠粗脖子幹麼？」曹雲奇心中一寒，不敢再說。

陶子安道：「我知道只要拿著鐵盒一出田門，就算沒殺身之禍，也必鬧個聲名掃地。我道：『爹，這中間大有古怪，我把包裹去還給岳父，不能招攬這門子事。』便將鐵盒包回在錦緞之中，心下琢磨了幾句話，要點破他詭計，大家來個心照不宣。

「待我捧著包裹趕到田伯父房外，他房中燈光已熄，窗子房門都已緊閉。我想這件事隨時都能鬧穿，片刻延挨不得，在窗外叫了幾聲：『阿爹，阿爹！』房裏卻沒應聲。我心下起疑：『他這等武功，縱在沉睡之中也必立時驚覺，看來是故意不答。』

「我越想越怕，似覺天龍門的弟子已埋伏在側，馬上就要一擁而上，逼我交出寶刀。我一面拍門，一面把話說明在先：『阿爹！我爹爹要我把包裹還您。我們有要事在身，沒能跟您老辦事。這包裹小婿可沒打開過。』拍了幾下，房中仍無聲無息。我急了，取出刀子撬開了門閂，推門進去，打火點亮蠟燭，不由得驚得呆了，只見田伯父已死在床上，胸口插了一枝長箭，那正是我常用的羽箭。我那副弓箭便放在他棉被上。他臉色驚怖異常，似乎臨死之前曾見到甚麼極可怕的妖魔鬼怪一般。

「我呆了半晌，不知如何是好，眼見門窗緊閉，不知害死田伯父的兇手怎生進來，下手後又從何處出去？抬頭向屋頂一張，見屋瓦好好的沒半點破碎，那麼兇手就不是從屋頂出入的了。

「我再想查看，忽聽得走廊中傳來幾個人的腳步之聲。我想田伯父死在我的箭下，此時如有人進來，我如何脫得了干係？忙在被上取過我的弓箭，正要去拔他胸口的羽箭，燭光下突然見到床上有兩件物事，這一驚更加非同小可，手一顫，燭台脫手，燭火立時滅了。

「各位定然猜不到我見了甚麼東西。原來一件是這口寶刀，另一件卻是青妹埋在墳中的那個死嬰。當時我只道是這嬰兒不甘無辜枉死，竟從墳中鑽出來索命，慌亂之下，順手搶了寶刀就逃。剛奔到門口，忽然想起一事，回來在田伯父的褥下一摸，果然摸到了那張白紙。我料到他的死因跟這張紙一定大有干係，於是塞入懷中，正要伸手再去拔箭，腳步聲近，已有三人走到了門口。我暗叫：『糟糕！這一下門口受堵，我陶子安性命休矣！』

「危急之下，眼見無處躲藏，只得往床底下一鑽，但聽得那三人推門進來，原來是阮師叔和曹周兩位師兄。阮師叔叫了兩聲：『師哥！』不聽見應聲，就命周師兄去點蠟燭來。我想待會取來燭火，他們見到田伯父枉死，一搜之下，我性命難保，此刻乘黑，正好衝將出去。

「阮師叔與曹師哥都是高手，我一人自不是他二人之敵，但出其不意，或能脫身，此時須得當機立斷，萬萬遷延不得，當下慢慢爬到床邊，正要躍出，手臂伸將出去，突然碰到一人的臉孔，原來床底下已有人比我先到。

「我險些失聲驚呼，那人已伸手扣住我脈門。我暗暗叫苦，那人在我耳邊低聲說道：『別作聲，一起出去。』我心中大喜，就在此時，眼前一亮，周師哥已提了燈籠來到。只聽得噗的一響，那人發了一枚暗器，打滅燈籠，跟著翻手竟來奪我手中寶刀。我一個打滾，滾出床底，急衝而出。床底那人追將出來。只聽阮師叔叫道：『好賊子！』揮掌打去。阮師叔武功極高，料想那人也脫不了身。我急忙奔回房中，叫了爹爹，連夜逃出田家。

「這件事的經過就是這樣。這隻鐵盒是田伯父親手交給我的，他叫我埋在關外，我是依他的遺命而爲。天龍門的師叔師兄們見到田伯父胸上羽箭，自然疑心是我下手害他，這本來難怪。只可惜我不知床底那人的底細，否則大可找來作個見證。但就算找不到床下那人，我也知害死田伯父的兇手是誰。各位請看，這張紙是田伯父見到我時塞在褥子底下的，他害怕仇家前來相害，彎弓搭箭對準窗口，等的就是此人。可是此人終於到來，而田伯父也終於逃不出他毒手。」

他說到這裏，從懷裏取出一隻繡花的錦囊。衆人見這錦囊手工精致，料來是田青文所作，不由得轉頭去望曹雲奇，只見他惱得眼中如要噴火，都暗暗好笑。陶子安打開錦囊，摸出一張白紙，要待交給寶樹，微一遲疑，卻彎臂遞給了苗若蘭。

那白紙摺成一個方勝，苗若蘭接過來打開一看，輕輕咦了一聲，只見紙上濃墨寫著一行字道：「恭賀田老前輩閉門封劍，福壽全歸。侍教晚生胡斐謹拜。」另一行小字注道：「胡斐者，大俠胡公一刀之子是也。」這兩行字筆力遒勁，與左右雙童送上山來的拜帖書法一模一樣，確是雪山飛狐胡斐的親筆。苗若蘭拿著白紙的手微微顫動，輕聲道：「難道是他？」

阮士中從苗若蘭手中接過白紙一看，道：「這確是胡斐的筆跡。這樣說來，咱們倒錯怪子安了。」他突然回過頭來，望著劉元鶴道：「劉大人，你躲在我田師哥床底下幹甚麼？你是給雪山飛狐臥底來啦，是不是？」

眾人聞言，都吃了一驚，連曹雲奇與周雲陽也都摸不著頭腦。當晚黑暗之中，那床底人與阮士中交手數合，隨即逸去，三人事後猜測，始終不知是誰，怎麼他此時突然指著劉元鶴叫陣？

劉元鶴只冷笑一聲，卻不答話。阮士中又道：「那晚黑暗之中，在下未能得見床下君子的面貌，心中卻很佩服此公武藝了得。我們師叔姪三人不但沒能將他截住，連他的底細來歷也摸不到半點邊兒，當眞算得無能。今日雪地一戰，得與劉大人過招，卻正是當日床下君子的身手。嘿嘿，幸會啊，幸會！嘿嘿，可惜啊，可惜。」

周雲陽知道師叔此時必得要個搭檔，就如說相聲的下手，否則接不下口去，於是問道：「師叔，可惜甚麼？」阮士中雙眉一揚，高聲道：「可惜堂堂一位御前侍衛劉大人，居然不顧身分，來幹這等穿堂入戶、偷鷄摸狗的勾當。」

劉元鶴哈哈大笑，說道：「阮大哥罵得好，罵得痛快，那晚躲在田歸農床下的，不錯正是區區在下。你罵我偷鷄摸狗，原也不假。」說到這裏，臉上顯出一副得意的神情，又道：「幸得在下的偷鷄摸狗，卻是奉了皇上的聖旨而行！」

衆人心中一奇，都覺他胡說八道，但轉念一想，他是淸宮侍衛，只怕當眞是奉旨對付天龍門，亦未可知。天龍諸人都是有家有業之人，聞言不禁氣沮。殷吉是兩廣著名的大財主，尤感驚懼。

劉元鶴見一句話便把衆人懾伏了，更加洋洋自得，說道：「事到如今，我就把這事跟各位說說，待會或者尙有借重各位之處。這一件東西，或者各位從未見過。」說著從懷中取出一個黃色的大封套來。封套外寫著「密令」二字，他開了袋口，取出一張黃紙，朗聲讀道：「奉密旨，令御前一等侍衛劉元鶴依令行事，不得有誤。總管賽。」讀畢，將那黃紙攤在桌上，讓衆人共觀。

殷吉、陶百歲等多見博聞，見紙上繪有金銀圖紋，蓋有朱紅圖章，看來確是侍衛總管賽赫圖所下的密令。那賽總管向稱滿洲武士的第一高手，素爲乾隆皇帝所倚重。

劉元鶴道：「阮大哥，你不用跟我瞪眼珠吹鬍子，這件事從頭說來，還是令師兄田歸農起的因頭。有一日，賽總管邀了我們十八個侍衛到總管府去吃晚飯。這十八個人哪，外邊朋友送我們一個外號，叫作『大內十八高手』。其實憑我這一點兒三腳貓本事，那裏說得上『高手』二字？不過朋友們要這麼叫，要給我們臉上貼金，那也沒法兒。再說，兄弟的玩藝兒不行，其他十七位，卻不都像兄弟這麼不成器。

「我們一到，賽總管就說，今日要給大夥兒引見一位武林中響噹噹的腳色。我們忙問是誰，賽總管微笑不說。待會開了酒席，賽總管到內堂引出一個人來。只見他腰板筆挺，步履矯健，雙目有神，果然是一派武林高手的風範。他兩鬢雖已灰白，但面目仍頗英俊清秀，想當年定是一位美男子。賽總管朗聲道：『各位兄弟，這位是天龍門北宗掌門，武林中大大有名的人物，田歸農田大哥！』

「我們一聽，都微微一驚。田歸農的名頭大家是知道的，只天龍門素來少跟官府往來，不知賽總管憑了甚麼面子能把他請到。飲酒中間，大夥兒逐一向他把盞敬酒。田大哥也客氣之極，說了許多套交情的言語，可一句不提他上京的原因。直到吃喝完了，賽總管邀大夥兒到廂房喝茶，他兩人才把其中原委說了出來。

「原來田大哥雖身在草莽，可是忠君報國之心，卻一點沒比我們當差的少了。

「他這次上京，爲的是要向皇上進貢一個大寶藏。這大寶藏嘛，那就是反賊李自成在北京所搜刮的金銀財寶了。田大哥說道，要找尋這個寶藏，共有兩個線索，須得兩個線索拼湊起來，方能尋到。一個線索是李自成的一把軍刀，那是他天龍門掌管，他就攜帶在身。另一個線索可就難了，那是一幅寶藏所在的地圖，自來由苗家劍苗家世代相傳。單有地圖而無軍刀，不知尋寶關鍵；單有軍刀而無地圖，不知寶藏的所在。只要二寶合璧，取那寶藏就如探囊取物一般。

「我們雖在官家當差，可個個出身武林，一聽到『苗家劍』三字，都想：『那打遍天下無敵手金面佛苗人鳳何等厲害，誰敢惹他？』田大哥見我們臉現難色，微微一笑，道：『在下若不是已經想到了對付苗人鳳的計策，又怎敢輕易前來驚動各位？』賽總管忙問何計。田大哥於是說出一番話來，只把衆人聽得連連點頭，齊叫妙計。他到底說的是甚麼妙計，時候一到，各位自然知曉，此刻也不必多說。

「次日田大哥告別離京，賽總管就派我們依計而行。他一面琢磨此事，總覺田大哥一不想升官、二不想發財，平白無端送我們這樣一份大禮，天下那有這等濫好人？料得其中必有別因，於是派了幾個人暗中出京打探。我離京不久，就聽到田大哥閉門封劍的訊息，就備了一份禮物，上門道賀。

「和田大哥一見面，他顯得十分歡喜，說道貴客上門，眞求之不得，跟著悄悄的要我辦一件事。殷大哥，說出來你可別生氣，他是要我知會官府，隨便誣陷你個罪名，將你拿在獄裏，先關上幾年再說。」

殷吉嚇了一跳，渾身寒毛直豎，顫聲道：「田師兄爲人原是如此，幸蒙劉大人明鑒，高抬貴手，小的必有厚報。」

劉元鶴笑道：「好說，好說。當時我就問他跟殷大哥有甚仇怨。他道，仇怨是沒有，只是依他們天龍門規矩，北宗掌門人輪值掌刀的期限已滿，那把鎭門之寶的寶刀就須傳給南宗，片刻延挨不得。倘若落到了殷大哥手裏，再要索回，不免就多一番周折。

「這話雖不錯，可是我不由得疑心更甚，當時跟他唯唯否否，旣不答允，也不拒卻，只在一邊廂冷眼旁觀。

「酒筵之後，我想田大哥這把寶刀非交不可，難以推托，我倒有法兒給他幫個忙。我如暗中將寶刀收起，他自然沒法交出，殷大哥縱然不滿，卻也無計可施。這正是我立大功報聖恩的良機，豈能輕易放過？於是我悄悄走進田大哥房中，待要找尋寶刀，卻聽得門外腳步聲響，原來是田大哥回來了。事急之際，只得躲入了床下。

「只聽得田大哥走進房來，打開箱子，取出鐵盒，突然驚呼：『咦，刀呢？』聽他這呼聲驚惶異常，實非作假，看來這寶刀是給人盜去了。他立時叫了女兒來查問，田姑娘毫不知情，也很著急。不久阮大哥進來了。師兄弟倆爲了立掌門的事大起爭執，提到了曹雲奇曹師兄與田姑娘的曖昧之事，過了一會，田大哥要阮大哥去叫陶子安陶世兄來。田大哥將鐵盒交給陶世兄，命他去埋在關外。我在床下聽得淸淸楚楚，暗想陶子安這傻瓜這番可上了大當。

「陶世兄走後，我在床下聽得田大哥不住搥床嘆息，喃喃自語：『好胡一刀，好苗人鳳！』當時我不知胡一刀是誰，料想是苗人鳳盜了他的刀去。卻原來他接到了胡一刀之子胡斐的拜帖，自知難逃一死，十分惶恐。但這時候偏巧失了寶刀，又不能就此高飛遠走，一溜了之。

「跟著田姑娘走進房來，說道：『爹，我查到了你寶刀的下落。』田大哥一躍而起，叫道：『在那裏？』田姑娘走近幾步，輕聲道：『給周師兄偷去了。』田大哥道：『當眞？他人呢？刀呢？』田姑娘道：『我親眼見到他將刀埋在一個所在。』田大哥道：『好，你快去掘來。』田姑娘道：『爹，我要做一件事，你可莫怪我。』田大哥道：『甚麼事？』田姑娘道：『你去把周師兄叫來，我躲在門後。你問他是不是盜了寶刀。他如認了，我就在他背上釘一枚毒龍錐。』我心想，這位姑娘的手段好狠啊。只聽田大哥道：『我打折他雙腿就是，不必取他性命。』田姑娘道：『你不依我，我就不給你取刀。』田大哥微一遲疑，道：『好，你快去取了刀來，憑你怎麼處置他。』於是田姑娘轉身出去。當時我不知田姑娘跟她師兄有甚麼仇怨，今日聽了陶世兄之言，方知田姑娘是要殺人滅口。嘿，好傢伙！人家大姑娘掩埋私生兒子，這種事也見得的？」

他說到這裏，衆人都轉眼去瞧周雲陽，但見他臉色鐵靑，雙目不住眨動。

又聽劉元鶴續道：「我索性在床下臥倒，靜等瞧這幕殺人的活劇，再則，我還得等那柄刀呢，何況田大哥醒著躺在床上，我又怎能出去？等了沒多久，田姑娘匆匆回來，顫聲道：『爹，那刀給他掘去啦。我好胡塗，竟遲了一步，他……他還……』田大哥驚恐交集，問道：『他還怎麼？』田姑娘其實想說：『他連我孩兒的屍體也掘去啦！』但這句話怎說得出口，呆了一呆，叫道：『我找他去！』拔足急奔而出，想是驚恐過甚，奔到門邊時竟一交摔倒。

「我在床下憋得氣悶，寶刀又不明下落，本想乘機打滅燭火逃去，那知田大哥見他女兒摔倒，只嘆了口長氣，卻不下床去扶。田姑娘站起身來，扶著門框喘息一會方走。

「田大哥下床去關上門窗，坐在椅上。但見他將長劍放在桌上，手裏拿了弓箭，鐵青著臉，神色極爲驚怖。我心中也惴惴不安，如給他發覺了，他一個翻臉無情，我武功不及，只怕性命難保。

「田大哥坐在椅上，竟一動也不動，宛如僵直了一般，雙目卻精光閃爍，顯得心下極爲煩躁不安。四下一片死寂，只聽得遠處隱隱有犬吠之聲，接著近處一隻狗也吠了起來，突然之間，這狗兒悲吠一聲，立時住口，似是給人以極快手法弄死了。田大哥猛地站起，房門上卻起了幾下敲擊之聲。這聲音來得好快，聽那狗兒吠叫聲音總在數十丈外，豈知這人一弄死狗子，轉瞬間就到了門外。

「田大哥低沉著聲音道：『胡斐，你終於來了？』門外那人卻道：『田歸農，你認得我聲音麼？』田大哥臉色更加蒼白，顫聲說道：『是苗……苗大俠！』門外那人冷冷的道：『不錯，是我！』田大哥道：『苗大俠，你來幹甚麼？』門外那人道：『哼，我給你送東西來啦！』田大哥遲疑片刻，放下弓箭，去開了門。只見一個又高又瘦、臉色蠟黃的漢子走了進來。

「我在床底留神瞧他模樣，心道：『此人號稱打遍天下無敵手，是當今武林中頂兒尖兒的腳色，果然是不怒自威，氣勢懾人。』他手裏捧著兩件物事，放在桌上，說道：『這是你的寶刀，這是你的外孫兒子。』原來一包長長東西包著的竟是個死嬰。

「田大哥身子一顫，倒在椅中。苗大俠道：『你徒弟瞞著你去埋刀，你女兒瞞著你去埋私生兒，都給我瞧見啦，現下掘了出來還你。』田大哥道：『謝謝。我……我家門不幸，言之有愧。』苗大俠突然眼眶一紅，似要流淚，但隨即滿臉殺氣，一個字一個字的說道：『她是怎麼死的？』」

只聽得嗆啷一響，苗若蘭手裏的茶碗又摔在地下，跌得粉碎。她本來十分斯文鎮定，不知怎的，聽了這句話，竟自把持不定。琴兒忙取出手帕，抹去她身上茶水，輕聲道：「小姐，進去歇歇吧，別聽啦！」苗若蘭道：「不，我要聽他說完。」

劉元鶴向她望了一眼，接著說道：「田大哥道：『那天她受了涼，傷風咳嗽。我請醫生給她診治，醫生說不礙事，只受了些小小風寒，吃一帖藥，發汗退燒就行了。可是她說藥太苦，將煎好的藥潑了去，又不肯吃飯，這一來病勢越來越沉。我一連請了好幾個醫生，但她不肯服藥，不吃東西，說甚麼也勸不聽。』」

苗若蘭聽到這裏，不由得輕輕啜泣。熊元獻等都感十分奇怪，不知這不肯服藥吃飯之人是誰，與田歸農及苗氏父女三人又有甚關連。陶氏父子與天龍諸人卻知說的是田歸農的續絃夫人，但苗大俠何以關心此事，苗若蘭何以傷心，卻又不明所以了，都想：「難道田夫人是苗家親戚？怎麼我們從來沒聽說過？」

劉元鶴道：「當時我在床下聽得摸不著半點頭腦，不知他們說的是誰，心想苗人鳳這麼風頭火勢的趕來，只不過是問一個人的病。那人不服藥、不吃飯，這不是撒嬌麼？但聽苗大俠又問：『這麼說來，是她自己不想活了？』田大哥道：『我後來跪在地下哀求，說得聲嘶力竭，她始終不理。』

「苗大俠道：『她留下了甚麼話？』田大哥道：『她叫我在她死後將屍體火化了，把骨灰撒在大路之上，叫千人踩，萬人踏！』苗大俠跳了起來，厲聲問道：『你照她的話幹了沒有？』田大哥道：『屍體是火化了，骨灰卻在這裏。』說著站起身來，從裏床取出一個小小瓷罈，放在桌上。

「苗大俠望著瓷罈，臉上神色又傷心又憤怒。我只看了一眼，就不敢再望他臉。

「田大哥又從懷裏取出一枚鳳頭珠釵，放在桌上，說道：『她要我把這珠釵還給你，或者交給苗姑娘，說道這是苗家的物事。』」

眾人聽到此處，齊向苗若蘭望去，只見她鬢邊插了一枚鳳頭珠釵，微微晃動。那鳳頭打造得精致之極，幾顆珠子也均滾圓淨滑，只珠身已現微黃，當是歷時已久的舊物。

劉元鶴續道：「苗大俠拿起珠釵，從自己頭上拔下一根頭髮，緩緩穿到鳳頭的口裏，那頭髮竟從釵尖上透了出來，原來釵身中間是空的。但見他將頭髮兩端輕輕一拉，鳳頭的一邊跳了開來。苗大俠側過珠釵，從鳳頭裏落出一個紙團。他將紙團攤了開來，冷冷的道：『瞧見了麼？』田大哥臉如土色，隔了半晌，嘆了口長氣。

「苗大俠道：『你千方百計要弄這張地圖到手，可是她終於瞧穿了你眞面目，不肯將機密告知你，仍將珠釵歸還給苗家。寶藏的地圖是在這珠釵之中，哼，只怕你作夢也想不到罷！』他說了這幾句話，又將紙團還入鳳頭，用頭髮拉上機括，將珠釵放在桌上，說道：『開鳳頭的法兒我教了你啦，你拿去按圖尋寶罷！』田大哥那裏敢動，緊閉著口一聲不響。我在床下卻瞧得焦急異常，地圖與寶刀離開我身子不過數尺，可是就沒法取得到手。只見苗大俠呆呆的瞧著瓷罈，慢慢伸出雙手捧起了瓷罈，放入懷中，臉上的神色十分可怕。」

只聽得輕輕一聲呻吟，苗若蘭伏在桌上哭了出來，鬢邊那鳳頭珠釵起伏顫動不已。眾人面面相覷，不明其故。

劉元鶴接著道：「田大哥伸手在桌上一拍，道：『苗大俠，你動手吧，我死而無怨。』苗大俠嘿嘿一笑，道：『我何必殺你？一個人活著，就未必比死了的人快活。想當年我和胡一刀比武，大戰數日，終於是他夫婦死了，我卻活著。我心中一直難過，但後來想想，他夫婦恩愛不渝，同生同死，可比我獨個兒活在世上好得多啦。嘿嘿，這張地圖在你身邊這許多年，你始終不知，卻又親手交還給我。我何必殺你？讓你懊惱一輩子，那不是強得多麼？』說著拿起珠釵，大踏步出房。田大哥手邊雖有弓箭刀劍，卻那敢動手？

「田大哥唉聲嘆氣，將死嬰和寶刀都放在床上，回身閂上了門，喃喃的道：『一個人活著，就未必比死了的人快活。』坐在床上，叫道：『蘭啊蘭，你為我失足，我為你失足，當眞是何苦來？』接著嘿的一聲，聽得甚麼東西戳入了肉裏，他在床上掙了幾掙，就此不動了。

「我吃了一驚，忙從床底鑽將出來，只見他將羽箭插在自己心口，竟已氣絕。各位，田大哥是自盡死的，並非旁人用箭射死。害死他的既不是陶子安，更不是胡斐，那是他自己。我跟陶胡二人絕無交情，犯不著為他們開脫。

「我見他死了，當下吹滅燭火，正想去拿寶刀，然後溜之大吉，陶世兄卻已來到房外拍門，我只得躲回床底。以後的事，陶世兄都已說了。他拿了寶刀，逃來關外。我在床底下憋了這老半天，難道是白挨的麼？加上我這位熊師弟跟飲馬川向來有樑子，咱哥兒倆就跟著來啦。」

他一番話說完，雙手拍拍身上灰塵，拂了拂頭頂，恰似剛從床底下鑽出來一般，喝了兩口茶，神情甚爲輕鬆。

曹雲奇俯身拾起，原來是一枝金鑄的小筆，筆身上刻著一個「安」字，就和田青文上峯之前手中所拿的一模一樣。曹雲奇疑雲大起。

八

這些人你說一段，我說一段，湊在一起，衆人心頭疑團已解了大半，只是飢火上衝，茶越喝得多越肚餓。

陶百歲大聲道：「現下話已說明白了，這口刀確是田歸農親手交給我兒的，各位不得爭奪了吧？」劉元鶴笑道：「田大哥交給陶世兄的，只是一隻空鐵盒。倘若你要空盒，在下並沒話說。寶刀卻那有你的份？」殷吉道：「此刀該歸我天龍南宗，再無疑問。」阮士中道：「當日田師兄未行授刀之禮，此刀仍屬北宗。」衆人越爭聲音越大。

寶樹忽然朗聲道：「各位爭奪此刀，爲了何事？」衆人一時啞口無言，竟難回答。

寶樹冷笑道：「先前各位只知此刀削鐵如泥，鋒利無比，還不知它關連著一個極大寶藏。現今有人說了出來，那更令人人眼紅，個個起心。可是老和尚倒要請教：若無寶藏地圖，單有此刀何用？」眾人心頭一凜，一齊望著苗若蘭鬢邊那隻珠釵。

苗若蘭文秀柔弱，要取她頭上珠釵，只一舉手之勞，只是人人想到她父親威震天下，倘若對她有絲毫冒犯褻瀆，她父親追究起來，有誰敢當？雖見那珠釵便在眼前微微顫動，只相距數尺，卻沒人敢先說話。

劉元鶴向眾人橫眼一掃，臉露傲色，走到苗若蘭面前，右手一探，突然將她鬢邊珠釵拔下。苗若蘭又羞又怒，臉色蒼白，退後兩步。眾人見劉元鶴竟如此大膽，無不失色。

劉元鶴道：「本人奉旨而行，怕他甚麼苗大俠，秧大俠？再說，那金面佛此刻是死是活，哼，哼，卻也在未知之數呢。」羣豪齊問：「怎麼？」劉元鶴微微一笑，道：「眼下計來，那金面佛縱然尚在人世，十之八九，也已全身鐐銬、落入天牢之中了。」

苗若蘭大吃一驚，登忘珠釵遭奪之辱，只掛念著父親的安危，忙問：「你……你說我爹爹怎麼了？」寶樹也道：「請道其詳。」

劉元鶴想起上峯之時，給他在雪中橫拖倒曳，狼狽不堪，但自己說起奉旨而行種種情由，寶樹神色登變，此時聽他相詢，更加得意，忍不住要吐露機密大事，好在人前自佔身分，於是問道：「寶樹大師，在下要先問一句，此間主人是誰？」

羣豪在山上半日，始終不知主人是誰，聽劉元鶴此問，正合心意，一齊望著寶樹，只聽他笑道：「既然大夥兒都不隱瞞，老衲也不用賣那臭關子了。此間主人姓杜名希孟，是武林中一位響噹噹的腳色。」衆人互相望了一眼，心中暗唸：「杜希孟？杜希孟？」卻都想不起此人是誰。

寶樹微微一笑，道：「這位杜老英雄自視甚高，等閒不與人交往，是以武功雖強，常人可不知他名頭。然而江湖上一等一的人物，卻個個對他極爲欽慕。」這幾句話說得輕描淡寫，可把衆人都損了一下，言下之意，明是說衆人實不足道。殷吉、阮士中等都感惱怒，但想苗人鳳在那對聯上稱他爲「希孟仁兄」，而自己確夠不上與金面佛稱兄道弟，寶樹之言雖令人不快，卻也無可辯駁。

劉元鶴道：「咱們上山之時，此間的管家說道：『主人赴寧古塔相請金面佛，又派人前去邀請興漢丐幫的范幫主。』這話可有點兒不盡不實。想那范幫主在河南開封府遭擒，小弟也曾出了一點兒力氣。」衆人驚道：「范幫主遭擒？」劉元鶴笑道：「這是御前侍衛總管賽大人親自下的手。想那范幫主雖然也算得上是號人物，卻也不必勞動賽總管的大駕啊。我們拿住范幫主，只是把他當作一片香餌，用來釣一條大大的金鰲。那金鰲嘛，自然是苗人鳳啦。杜莊主要去邀苗人鳳來對付甚麼雪山飛狐，其實又怎邀得到？苗人鳳這當兒定是去了北京，想要搭救范幫主。嘿嘿，賽總管在北京安排下天羅地網，專候苗人鳳大駕光臨。他如不上這個當，我們原也拿他沒法兒。他竟上京救人，這叫做啄木鳥啃黃連樹，自討苦吃。」

苗若蘭與父親相別之時，確是聽父親說有事赴京，囑她先上雪峯，到杜家暫住。這時聽劉元鶴如此說，只怕父親當眞凶多吉少，不由得玉容失色。

劉元鶴洋洋得意，說道：「咱們地圖有了，寶刀也有了，去把李自成的寶藏發掘出來，獻給聖上，這裏人人少不了一個封妻蔭子的功名。」他見有的人臉現喜色，有的卻有猶豫之意，心知如陶百歲等人，把發財瞧得比升官更重，又道：「想那寶藏堆積如山，大夥兒順手牽羊，取上小小一堆，那就一世吃著不盡，有何不美？」衆人轟然喝采，再無異議。

田青文本來羞愧難當，獨自躲在內室，聽得廳上叫好之聲不絕，知道已不在談論她的醜事，當下悄悄出來，站在門邊。

劉元鶴拔下自己一根頭髮，慢慢從珠釵的鳳嘴裏穿了過去，依著當日所見苗人鳳的手法，輕輕一拉一甩，鳳頭機括彈開，果然有個紙團掉了出來。衆人都「哦」的一聲。劉元鶴打開紙團，攤在桌上。衆人圍攏去看。

但見那紙薄如蟬翼，雖年深日久，但因密藏珠釵之中，絲毫未損，紙上繪著一座筆立高聳的山峯，峯旁寫著九個字道：「遼東烏蘭山玉筆峯後」。

寶樹大叫：「啊哈，天下竟有這等巧事？咱們所在之處，就是烏蘭山玉筆峯啊。」

衆人瞧那圖上山峯之形，果眞與這雪峯一般無異，無不嘖嘖稱奇。上峯時所見崖邊的三株古松，圖上也畫得清清楚楚。

寶樹道：「此處莊上杜老英雄見聞廣博，必是得知寶藏的訊息，是以特意在此建莊。否則此處氣候酷寒，上下艱難，又何必費這麼大的事？」劉元鶴心中一急，忙道：「啊喲！那可不妙。他這莊子建造已久，還不早將寶藏搬得一乾二淨？」寶樹微笑道：「那也未必。劉大人你想，要是他已找到了寶藏所在，定然早就去了別地，決不會仍在此處居住。」劉元鶴一拍大腿，叫道：「不錯，不錯！快到後山去。」

寶樹指著苗若蘭道：「這位苗姑娘與莊上衆人怎麼辦？」劉元鶴轉過身來，見于管家等莊上傭僕，個個已走得不知去向。田青文從門後出來，說道：「不知怎的，莊上男男女女都躲了個乾淨。」劉元鶴搶過一柄單刀，走到苗若蘭身前，說道：「咱們所說之事，她句句聽在耳裏，這禍根可留不得。」舉起單刀，就要往她頭頂砍落。

突然間人影一閃，琴兒從椅背後躍出，抱住劉元鶴的手，狠命在他手腕上咬了一口。劉元鶴出其不意，手腕一疼，噹啷一響，單刀落地。琴兒大罵：「短命的惡賊，你敢傷了小姐一根寒毛，我家老爺上得山來，抽你的筋，剝你的皮，這裏人人都脫不了干係。」

劉元鶴大怒，反手一拳，猛往琴兒臉上擊去。熊元獻伸出右臂，格開了他一拳，說道：「師哥，咱們尋寶要緊，不必多傷人命！」熊元獻一生走鏢，向來膽小怕事，謹愼穩重，不像他師兄做了皇帝侍衛，殺幾個老百姓不當一回事，他聽了琴兒之言，心想倘若傷了苗若蘭，她父親如得逃脫羅網，那可大禍臨頭了。殷吉和他心意相同，也道：「劉師兄，咱們快去尋寶。」

劉元鶴雙目一瞪，指著苗若蘭道：「這妞兒怎麼辦？」

寶樹笑吟吟的走上兩步，大袖微揚，已在苗若蘭頸口「天突」與背心「神道」兩穴上各點了一指。苗若蘭全身酸軟，癱在椅上，心裏又羞又急，卻說不出話。琴兒只道他傷了小姐，橫了心又抓住了和尚的手，要狠狠咬他一口。寶樹讓她抓住自己右手拉到口邊，手指抖動，點了她鼻邊「迎香」、口旁「地倉」兩穴。琴兒身子一震，摔倒在地。

田青文道：「苗家妹子坐在此處須不好看。」俯身托起她身子，笑道：「眞輕，倒似沒生骨頭。」走向東邊廂房。

那東廂房原是杜莊主款待賓客的所在，床帳几桌、一應起居之具齊備，陳設考究。田青文掩上門，給苗若蘭除去鞋襪外衣，只留下貼身小衣，將她裹在被中，垂下羅帳。苗若蘭自七八歲後，未在人前除過衣衫，眼前之人雖是女子，也已羞得滿臉紅暈。田青文望著她身子，笑道：「怕我瞧麼？妹子，你生得眞美，連我也不禁動心呢。」抱了她衣衫走到廳上，道：「她衣衫都給我除下了，縱然時辰一過，穴道解了，也叫她走動不得。」羣豪一齊大笑。

寶樹道：「咱們大家來瞧瞧，從這刀子之中，到底如何能尋到寶藏。」說著從懷中取出鐵盒，打開盒蓋，提刀在手。他一手持鞘，一手持柄，唰的一響，拔出刀來，只覺青光四射，寒氣透骨，不禁機伶伶的打個冷戰。衆人同時「啊」的一聲叫了出來。

他將寶刀放在桌上，衆人圍攏觀看，見刀身除鋒利無比之外，也無異處。再看牛皮刀鞘，見一面刻著十四字軍令，另一面刻了「奉天倡義」四字，旁邊用尖利之物彫鏤著雙龍搶珠的花紋。想來是倉卒之際隨手刻畫，刻工簡陋，甚爲粗糙難看，兩條龍一大一小，形狀既極醜陋，而且龍不像龍，蛇不像蛇，倒似兩條毛蟲，但所搶之珠卻是一塊紅寶石，嵌入刀鞘的牛皮之中，晶瑩璀璨，寶光照人，的是珍物。

曹雲奇拿起刀鞘細看，道：「那有甚麼古怪？」寶樹道：「這兩條蟲兒必與寶藏有關，咱們到後山瞧瞧再說。給我！」說著伸手去接刀鞘。曹雲奇更不打話，將刀插入刀鞘，急奔而出。寶樹怒道：「你幹甚麼？」追了出去。

出得大門，只見曹雲奇握刀向前急奔，寶樹右手一揚，一顆鐵念珠激飛而出，正中他右肩肩胛骨。曹雲奇手臂酸麻，拿揑不住，擦的一聲，寶刀落入雪地。寶樹大踏步上前，拾起寶刀。曹雲奇不敢再爭，退在一旁，眼見寶樹與劉元鶴一個持刀、一個持圖，並肩向山後走去。這時餘人也都湧出大門，跟隨在後。

寶樹笑道：「劉大人，適才老衲多有冒犯，請勿見怪。」劉元鶴見他賠笑謝罪，心中樂意，說道：「大師武藝高強，在下佩服得緊，日後還有借重之處。」寶樹道：「不敢。」

兩人走了一陣，已到山崖之邊，前臨空闊，山峯上已無路可行，四顧盡是皚皚白雪，雖明知寶藏是在這玉筆峯中，但偌大一座山峯，到處冰封雪凍，沒留下絲毫痕跡，卻到那裏找去？要鏟除峯上冰雪，即窮千百人之力，也非一年半載之功，何況今日鏟了，明日又有大雪落下；想到杜希孟已在峯上住了幾十年，必定日日夜夜苦心焦慮、千方百計的尋寶，迄今未能成功，尋寶之事，自然大非易易。

眾人站在崖邊東張西望，束手無策。田青文忽然指著峯下一條丘巒起伏的小小山脈，叫道：「你們瞧！」眾人順著她手指望去，未見有何異狀。田青文道：「各位，看這山丘的模樣，是否與刀鞘上的花紋相似？」

眾人給她一語提醒，細看那條山脈，但見一路從西南走向東北，另一路自正南向北，兩路山脈相會之處，有一座形似圓墩的矮峯。寶樹舉起刀鞘一看，再望山脈，見那山脈的去勢位置，正與刀鞘上所彫的雙龍搶珠圖一般無異，那圓峯正當紅寶石的所在，不禁叫了出來：「不錯，不錯，寶藏定是在那圓峯之中。」劉元鶴道：「咱們快下去。」

此時眾人一意尋寶，倒算得上齊心合力，不再互相猜疑加害。各人撕下衣襟裹在手上，拉著粗索慢慢溜下峯去。第一個溜下的是劉元鶴，最後一個是殷吉。他溜下後本想將繩索毀去，以免後患，但見眾人都已去遠，生怕尋到寶藏時沒了自己的份，當下不敢停留，展開輕功向前疾追。

自玉筆峯望將下來，那圓峯就在眼前，可是平地走去，路程卻也不近，約莫有二十來里。眾人輕功都好，不到半個時辰，已奔到圓峯之前，只鄭三娘傷了腿，遠遠落後。各人繞著圓峯轉來轉去，找尋寶藏的所在。陶子安忽向左一指，叫道：「那是誰？」

眾人聽他語聲急促，一齊望去，只見一條灰白色的人影在雪地中急馳而過，身法之快，實難形容，轉眼之間，那白影已奔向玉筆峯。寶樹失聲道：「雪山飛狐！胡一刀之子，如此了得！」說話之時臉色灰暗，顯是心有重憂。

他正自沉思，忽聽田青文尖聲大叫，忙轉過頭來，只見圓峯的坡上空了一個窟窿，田青文人形卻已不見。

陶子安與曹雲奇一直都待在田青文身畔，見她突然失足陷落，不約而同的叫道：「青妹！」都欲躍入救援。陶百歲一把拉住兒子，喝道：「幹甚麼？」陶子安不理，用力掙脫，與曹雲奇一齊跳落。

那知這窟窿其實甚淺，兩人跳落，都壓在田青文身上，三人齊聲驚呼。上面眾人不禁好笑，伸手拉上三人。

寶樹道：「只怕寶藏就在窟窿之中也未可知。田姑娘，在下面見到甚麼？」田青文撫摸身上撞著山石的痛處，怨道：「黑漆漆的甚麼也瞧不見。」寶樹躍了下去，晃亮火摺，見那窟窿徑不逾丈，裏面都是極堅硬的岩石與冰雪，再無異狀，只得縱身而上。

猛聽得周雲陽與鄭三娘兩人縱聲驚呼，先後陷入了東邊和南邊的雪中窟窿。阮士中與熊元獻分別將兩人拉起。看來這圓峯周圍都是窟窿，衆人只怕失足掉入極深極險的洞中，便不敢亂走，都站在原地不動。

寶樹嘆道：「杜莊主在玉筆峯一住數十年，不知寶藏所在。他無寶刀地圖，茫無頭緒，那也罷了。但咱們明知是在這圓丘之中，仍無處著手，那更加算得無能了。」

衆人站得累了，各自散坐原地。肚中越來越餓，盡皆神困氣沮。

鄭三娘傷處又痛了起來，咬著牙齒，伸手按住創口，一轉頭間，見寶樹手中刀鞘上的紅寶石給雪光一映，更見晶瑩美艷。她跟著丈夫走鏢多年，見過不少珍異寶物，這時見那紅寶石光彩有些異樣，心中一動，說道：「大師，請你借刀給我瞧瞧。」寶樹心想：「她是女流之輩，腿上又受了傷，怕她何來？」便將刀連著刀鞘遞了過去。鄭三娘接過刀鞘細看，果見那寶石是反面鑲嵌的。原來寶石兩面有陰陽正反之分，有些高手匠人能將寶石彫琢得正反面一般無異，但在行家眼中，仍能分辨清楚。鄭三娘道：「大師，這寶石反面朝上，只怕中間另有古怪。」

寶樹正自徬徨無計，一聽此言，心道：「不管她說的是對是錯，弄開來瞧瞧再說。」接過刀來，從身邊取出一柄匕首，力透指尖，以匕首尖頭在寶石下輕輕一挑，寶石離鞘跳落。寶樹拈起寶石，細看兩面，並無異處，再向刀鞘上鑲嵌寶石的凹窩兒一瞧，不禁失聲叫道：「在這裏了！」

原來那窩兒之中，刻著個箭頭，指向東北偏北，箭頭盡處有個小小圓圈。寶樹喜不自勝，心想這窩兒正中，當是圓峯之頂，一算距離遠近，看準了方位，一步步走將過去，待走到所計之處，果然腳下鬆動，身子下落。他早有防備，雙足著地，立即晃亮火摺，撥開冰雪，見前面是條長長的通道，當即向前走去。劉元鶴等也跟著躍下。

火摺點不多久便熄了，可是山洞盤旋曲折，接連轉了幾個彎，仍未到盡頭。

曹雲奇道：「我去折些枯枝。」他奔出山洞，抱了一大綑枯柴回來，打火點燃了一根火把。他爲人鹵莽，卻也有一樣好處，做事勇往直前，手執火把，當先而行。

洞中到處是千年不化的堅冰，有些處所的冰條如刀劍般鋒銳突出。陶百歲捧了一塊大石，沿途擊去阻路的冰尖。衆人上山時各懷敵意，此時重寶在望，竟然同舟共濟、相互扶持起來。

又轉了個彎，田青文忽然叫道：「咦！」指著曹雲奇身前地下黃澄澄的一物。曹雲奇俯身拾起，原來是一枝金鑄的小筆，筆身上刻著一個「安」字，就和田青文上峯之前手中所拿的一模一樣。曹雲奇疑雲大起，回頭對陶子安厲聲說道：「嘿，原來你到這兒來過啦！」陶子安道：「誰說我來過？你瞧一路上有沒人行的痕跡？」曹雲奇心想：「這山洞之中，確無人行足跡，那麼他這枝金筆又怎會掉在此處？」他心中想到何事，再也藏不住片刻，當即攤開手掌，露出黃金小筆，說道：「這不是你的麼？上面明明刻著你的名字！」

陶子安一看，搖頭道：「我從沒見過。」曹雲奇大怒，手掌一翻，拋筆在地，探手抓住陶子安衣襟，一口唾沫吐了過去，喝道：「還想賴！我明明見她拿著你送的筆兒。」

這山洞中轉身都不方便，陶子安那能閃避？這一口唾沫，正吐在他鼻子左側。他大怒之下，右腳飛出，踢中曹雲奇小腹，同時雙手一招「燕歸巢」，擊中對方胸口。曹雲奇身子一震，拋下火把，右手還了一拳，砰的一聲，打在陶子安臉上。火把熄滅，洞中一片漆黑，只聽得兩人吆喝怒罵，夾著砰砰蓬蓬之聲。兩人拳打足踢，招招都擊中對方，到後來扭成一團，滾倒在地。

衆人又好氣又好笑，齊聲勸解。曹陶二人那裏肯聽？忽聽田青文高聲叫道：「那一個再不住手，我永不再跟他說話。」曹陶二人一怔，不由得鬆開了手站起。

只聽熊元獻在黑暗中細聲細氣的說道：「是我熊元獻，找火把點火，兩位可別喝錯了醋，拳腳往姓熊的身上招呼。」他伸手在地下摸索，摸到了火把，重又點燃。只見曹陶二人眼青鼻腫，呼呼喘氣，四手握拳，怒目相視。

田青文從懷裏取出一枝黃金小筆，再拾起地下小筆，向曹雲奇道：「這兩枝筆果真是一對兒，可誰跟你說是他給我的？」曹雲奇無話可答，結結巴巴的道：「不是他給的，那你從那兒來的？爲甚麼筆上又有他名字？」

陶百歲接過小筆，看了一眼，問曹雲奇道：「你師父是田歸農，你師祖是誰？」曹雲奇一怔，道：「師祖？那是我師父的父親，他老人家諱上安下豹。」陶百歲冷笑道：「是啊！田安豹，他用甚麼暗器？」曹雲奇道：「我……我沒見過師祖。」陶百歲道：「你沒見過，你阮師叔的武藝是田安豹親手所授，你問問他。」

曹雲奇還沒開口，阮士中已接口道：「雲奇別胡鬧啦。這對黃金小筆，是你師祖爺所用的暗器。」曹雲奇啞口無言，但心中疑惑絲毫不減。

寶樹道：「你們要爭風打架，不妨請到外面去拚個死活。我們可是要尋寶。」

熊元獻高舉火把當先領路，轉過了彎去。這時洞穴愈來愈窄，衆人須得弓身而行，有時頭頂撞上了堅冰尖角，隱隱生疼，但想到重寶在望，也都不以爲苦。

行了一盞茶時分，前面已無去路，只見一塊圓形巨岩疊在另一塊圓岩上，兩塊巨岩封住了去路。兩岩之間堅冰牢牢凝結。熊元獻奮力推去，巨岩紋絲不動，轉過頭來，問寶樹道：「怎麼辦？」寶樹搔頭不語。

羣豪之中以殷吉最有智計，他微一沉吟，說道：「兩塊圓石相疊，必可推動，只是給冰凍住了。」寶樹喜道：「對，把冰熔開就是。」熊元獻便將火把湊近圓岩，去燒二岩之間的堅冰。曹雲奇、周雲陽等回到外面，又拾了些柴枝來加火。火燄越燒越大，冰化為水，只聽得叮叮之聲不絕，一塊塊碎冰落在地下。

眼見二岩之間的堅冰已熔去大半，寶樹性急，雙手在巨岩上運力一推，那岩石毫不動彈，再燒一陣，堅冰熔去更多，寶樹第二次再推時，那巨岩晃了幾晃，竟慢慢轉將過去，露出一道空隙，宛似個天造地設的石門一般。

眾人大喜，齊聲歡呼。阮士中伸手相助，和寶樹二人合力，將空隙推大。寶樹從火堆裏拾起一根柴枝，當先而入。眾人各執火把，紛紛跟進。一踏進石門，一陣金光照射，人人眼花繚亂，凝神屏氣，個個張大了口合不攏來。

原來裏面竟是個極大洞穴，四面堆滿了金磚銀塊，珍珠寶石，不計其數。只金銀珠寶都隱在透明的堅冰之後。料想當年闖王的部屬把金銀珠寶藏入之後，澆上冷水。該地終年酷寒，堅冰不溶，金珠就似藏在水晶之中一般。各人眼望金銀珠寶，好半晌說不出話來，一時洞中寂靜無聲。突然之間，歡呼之聲大作。寶樹、陶百歲等都撲到冰上，不知說甚麼好。

忽然田青文驚呼：「有人！」指著內壁。火光照耀下果見有兩個黑影，站在靠壁之處。

眾人這一驚非同小可，萬想不到洞內竟會有人，難道洞穴另有入口之處？各人手執兵刃，不由自主的相互靠在一起。隔了好一會，見兩個黑影竟一動也不動。寶樹喝道：「是誰？」裏面兩人並不回答。

眾人見二人始終不動，驚疑更甚。寶樹朗聲道：「是那一位前輩高人，請出來相見。」他喝聲為洞穴四壁反激，射將回來，只震得各人耳中嗡嗡的甚不好受，那兩人既不回答，亦不出來。

寶樹舉起火把，走近幾步，看清楚兩個黑影是在一層堅冰之外，這層冰就如一堵水晶牆般，將洞穴隔為前後兩間。寶樹大著膽子，逼近冰牆，見那兩人情狀怪異，始終不動，顯是給點中了穴道。這時他那裏還有忌憚，叫道：「大家隨我來。」大踏步繞過冰牆，他右手提起單刀，左手舉火把往兩人臉上照去，不禁倒抽一口涼氣。原來那二人早死去多時，面目猙獰，臉上筋肉抽搐，異常可怖。

鄭三娘與田青文見是死人，都尖聲驚呼。各人走近屍身，見那二人右手各執匕首，揷在對方身上，一中前胸，一中小腹，乃相互殺死。

阮士中看清楚一屍的面貌，突然拜伏在地，哭道：「恩師，原來你老人家在這裏。」眾人聽他這般說，都是一驚，齊問：「怎麼？」「這二人是誰？」「是你師父？」「怎麼會死在這裏？」

阮士中抹了抹眼淚，指著那身材較矮的屍身道：「這位是我田恩師。雲奇剛才拾到的黃金小筆，就是我恩師的。」

衆人見田安豹的容貌瞧來年紀不過四十，比阮士中還年輕，初時覺得奇怪，但轉念一想，隨即恍然。這兩具屍體其實死去已數十年，祇因洞中嚴寒，屍身不腐，竟似死去不過數天一般。

曹雲奇指著另一具屍體道：「師叔，此人是誰？他怎敢害死咱們師祖爺？」說著向那屍體踢了一腳。衆人見這屍體身形高瘦，四肢長大，都已猜到了八九分。

阮士中道：「他就是金面佛的父親，我從小叫他苗爺。他與我恩師素來交好，有一年結伴同去關外，當時我們不知爲了何事，但見他二人興高采烈，歡歡喜喜而去，可是從此不見歸來。武林中朋友後來傳言，說道他們兩位爲遼東大豪胡一刀所害，因此金面佛與田師兄他們才大舉向胡一刀尋仇，那知道苗……苗，這姓苗的財迷心竅，見到洞中珍寶，竟向我恩師下了毒手。」說著也向那屍身腿上踢了一腳。那苗田二人死後，全身凍得僵硬，身上全是堅冰，阮士中一腳踢去，屍身仍挺立不倒，他自己足尖卻碰得隱隱生疼。衆人心想：「誰知不是你師父財迷心竅，先下毒手呢？」

阮士中伸手去推那姓苗的屍身，想將他推離師父。但苗田二人這樣糾纏著已達數十年，手連刀，刀連身，堅冰凝結，卻那裏推得開？陶百歲嘆了口氣，道：「當年胡一刀託人向苗大俠和田歸農說道，他知道苗田兩家上代的死因，不過這兩人死得太也不夠體面，他不便當面述說，只好領他們親自去看。現下咱們親眼目睹，他這話果然不錯。如此說來，胡一刀必是曾經來過此間，但他見了寶藏，卻不掘取，實不知何故。」

田青文忽道：「我今日遇上一事，很是奇怪。」阮士中道：「甚麼？」田青文道：「咱們今日早晨追趕他……他……」說著嘴唇向陶子安一努，臉上微現紅暈，續道：「師叔你們趕在前頭，我落在後面……」曹雲奇忍耐不住，喝道：「你騎的馬最好，怎麼反而落在後面？你……你……就是不肯跟這姓陶的動手。」田青文向他瞧也不瞧，幽幽的道：「你害了我一世，要再怎樣折磨我，也只好由得你。陶子安是我丈夫，我對他不起。他雖不能再要我，可是除了他之外，我心裏決不能再有旁人。」

陶子安大聲叫道：「我當然要你，青妹，我當然要娶你。除你之外，我決不能另娶旁人。」陶百歲與曹雲奇齊聲怒喝，一個道：「你要這賤人？我可不要她作兒媳婦。」一個道：「你有本事就先殺了我。」兩人同時高聲大叫，洞中回音又大，混在一起，竟聽不出他二人說些甚麼。

田青文眼望地下，待他們叫聲停歇，輕輕道：「你雖要我，可是，我怎麼還有臉再來跟你？出洞之後，你永遠別再見我了。」陶子安急道：「不，不，青妹，都是他不好。他欺侮你，折磨你，我跟他拚了。」提起單刀，直奔曹雲奇。

劉元鶴擋在他身前，叫道：「你們爭風吃醋，到外面去打。」左掌虛揚，右手一伸，扣住他手腕，輕輕一扭，奪下他手中單刀，拋在地下。那一邊曹雲奇暴跳不已，也給殷吉攔著。餘人見田青文以退為進，將陶曹二人耍得服服貼貼，都暗暗好笑。

寶樹道：「田姑娘，你愛嫁誰就嫁誰，總不能嫁我和尚。因此老和尚只問你，你今日早晨遇見了甚麼怪事？」

衆人哈哈大笑，田青文也噗哧一笑，說道：「我的馬兒走得慢，趕不上師叔他們，正行之間，忽聽得馬蹄聲響，一乘馬從後面馳來。馬上的乘客手裏拿著一個大葫蘆，仰脖子就著葫蘆嘴喝酒。我見他滿臉絡腮鬍子，在馬上醉得搖搖晃晃，還咕嚕咕嚕的大喝，不禁笑了一聲。他轉過頭來，問道：『你是田歸農的女兒，是不是？』我道：『是啊，尊駕是誰？』他說道：『這個給你！』手指一彈，將這黃金小筆彈了過來，從我臉旁擦過，打落了我的耳環。我吃了一驚，他卻縱馬走了。我心下一直在嘀咕，不知他為甚麼給我這枝小筆。」

寶樹問道：「你認得此人麼？」田青文點點頭，輕聲道：「就是那個雪山飛狐胡斐。他向我彈來小筆之時，我自然不認得他，他後來上得山來，與苗家妹子說話，我認出了他聲音，再在板壁縫中一張，果然是他。」曹雲奇醋心又起，問道：「這小筆既是師祖爺的，那胡斐從何處得來？他給你幹麼？」

田青文對別人說話溫言軟語，但一聽曹雲奇說話，立時有不愉之色，全不理睬。

劉元鶴道：「那胡一刀既曾來過此間，定是在地下拾到，或在田安豹身上得到此筆。他身死之時，胡斐生下不過幾天，怎能將小筆留傳給他？」熊元獻道：「說不定他將小筆留在家中，後來胡斐年長，回到故居，自然在父親的遺物中尋著了。」阮士中點頭道：「那也未始不可。這小筆中空，筆頭可以旋下。青文，你瞧瞧筆裏有何物事。」

田青文先將洞穴中拾到的小筆旋下筆頭，筆內空無一物，再將胡斐擲來的小筆筆頭旋下，見筆管內藏著一個小小紙卷。衆人一齊圍攏，均想若無阮士中在此，實不易想到這暗器打造得如此精巧，筆管內居然還可藏物。

田青文攤開紙卷，紙上寫著十六個字，道：「天龍諸公，駕臨遼東，來時乘馬，歸時御風。」紙角下畫著一隻背上生翅膀的狐狸，這十六字正是雪山飛狐的手筆。

阮士中臉色一沉，道：「嘿，也未必如此！」他話雖這麼說，但想到胡斐的本領，又想到他對天龍門人的行蹤知道得清清楚楚，卻也不禁慄慄自危。曹雲奇道：「師叔，甚麼叫『歸時御風』？」阮士中道：「哼，他說咱們都要死在遼東，變成他鄉之鬼，魂魄飄飄蕩蕩的乘風回去。」曹雲奇罵道：「操他奶奶的熊！」

天龍門諸人瞧著那小束，各自沉思。寶樹、陶百歲、劉元鶴等諸人，目光卻早轉到四下裏的金銀珠寶之上。寶樹取過一柄單刀，就往冰上砍去，他砍了幾刀，斬開堅冰，捧了一把金珠在手，哈哈大笑。火光照耀之下，他手中金珠發出奇幻奪目的光采。衆人一見，胸中熱血上湧，各取兵刃，砍冰取寶。但砍了一陣，刀劍捲口，漸漸不利便了。原來衆人自用的兵刃都已在峯頂爲左右雙童削斷，這時攜帶的是從杜家莊上順手取來、並非精選的利器。各人取到珍寶，不住手的塞入衣囊，愈取得多，心熱愈甚，但刀劍漸鈍，卻越砍越慢。

田青文道：「咱們去拾些柴來，熔冰取寶！」衆人轟然叫好。此事原該早就想到，但一見寶樹珍寶在手，人人迫不及待的揮刀挺劍砍冰。衆人雖齊聲附和田青文的說話，卻沒一人移步去取柴。人人都怕自己一出去，別人多取了珍寶。

寶樹向衆人橫目而顧，說道：「天龍門周世兄、飲馬川陶世兄、鏢局子的熊鏢頭，你們三位出去撿柴。我們在這裏留下的，一齊罷手休息，誰也不許私自取寶。」周陶熊三人雖將信將疑，但怕寶樹用強，只得出洞去撿拾枯枝。

鏞